U0948786

作者简介

徐英春 女，汉族，1972年4月出生于新疆阿勒泰，文学博士，吉林大学文学院副教授。2009年主持完成吉林省社会科学基金项目“新历史小说研究”、吉林大学人文社科基金项目“倾听历史的回声——革命历史小说研究”等科研课题。近年来在《文艺争鸣》、《社会科学战线》、《学习与探索》等多家核心学术期刊发表学术论文十余篇。

本书由教育部高等学校社会科学发展研究中心资助出版并列入
《高校人文学术成果文库》

倾听历史的回音

——革命历史小说与新历史小说研究

徐英春 著

中国书籍出版社
China Book Press

图书在版编目(CIP)数据

倾听历史的回音:革命历史小说与新历史小说研究/徐英春著.
—北京:中国书籍出版社,2013.4

ISBN 978-7-5068-3438-4

Ⅰ.①倾… Ⅱ.①徐… Ⅲ.①历史小说—小说研究—
中国—当代 Ⅳ.①I207.42

中国版本图书馆 CIP 数据核字(2013)第 076667 号

责任编辑/ 郭佳宁
责任印制/ 孙马飞 张智勇
封面设计/ 中联华文
出版发行/ 中国书籍出版社
地　　址:北京市丰台区三路居路 97 号(邮编:100073)
电　　话:(010)52257143(总编室) (010)52257153(发行部)
电子邮箱:chinabp@ vip. sina. com
经　　销/ 全国新华书店
印　　刷/ 北京彩虹伟业印刷有限公司
开　　本/ 710 毫米×1000 毫米 1/16
印　　张/ 12
字　　数/ 192 千字
版　　次/ 2015 年 9 月第 1 版第 2 次印刷
书　　号/ ISBN 978-7-5068-3438-4
定　　价/ 68.00 元

序　言

刘中树

如何审视革命历史小说的社会历史价值和意义？如何理解新历史小说对既有革命历史观念的解构与颠覆？为什么同一种历史故事会有不同的两种说法？我的学生徐英春是带着这些思考开始她的博士研究生的学习与研究生活的。而这些思考在本书中将会由她一一做出阐释。

徐英春的硕士论文以《丰乳肥臀》和《苦菜花》为研究对象展开对比论析，认为正是由于所处社会时代的差异，莫言和冯德英这两位山东作家对相近背景、相同地域的农民生活做出了明显不同的描写和评价，从而使同一种历史生活以两种完全不同的文本展示在读者面前。在博士论文选题的时候，她感觉在这方面还有许多值得研究和探讨的，于是提出由两本小说拓展为两类小说的对比研究。鉴于她已经收集了大量的资料，并且对这两种文学现象确实有比较独到的认识和理解，我便同意了她的这个选题。此后，她收集、整理、参阅了大量的相关资料和书籍，非常认真、刻苦地对这个选题进行了研究。直到论文基本成型之后，她还在不断地阅读和思考，三年中几易其稿，最终有了令人满意的结果，不仅顺利通过了博士论文的答辩，还获得了高校人文学术成果文库的全额资助，使自己的学习成果得以出书面世向社会展示。

在论文写作中，徐英春选取了两类小说中比较有影响的几部作品,从内容、情节、描写技巧、时代特征、意识形态、作家经历、思想背景等各个方面进行深入探讨,构建了较为全面、系统的对比研究框架。在革命历史小说方面,她选择的比较有代表性的作家作品有:孙犁的《风云初记》、杜鹏程的《保卫延安》、曲波的《林海雪原》、李英儒的《野火春风斗古城》、冯德英的《苦菜花》;在新历史小说方面,她选择了莫言的《丰乳肥臀》、余华的《活着》、刘震云的《故乡天下黄花》、陈忠实的《白鹿原》。

在本书的前言中,她首先确定了革命历史小说和新历史小说是带有深刻时代烙印的两种文学现象。随后,她历数了中国革命小说在不同历史阶段所承载的时代烙印,并阐明了新文化运动以来中国革命小说与中国革命现实密不可分的历史关系。

辛亥革命后首先产生的与革命有关的小说主要是文人们通过大量的作品记录和反映了战争给社会带来的巨大创伤;随着革命、战争的加剧,文学作品也产生了变化,到了二十世纪二十年代,作家们或积极宣传反战,或以相对消极的情绪揭示了革命、战争给社会生活和人的心灵带来的巨大影响;到了二三十年代之交,文坛上开始出现了以积极姿态倡导革命的革命小说;"左翼作家联盟"成立后,在革命作家的倡导和亲身实践下,革命小说一度成为引领文学方向的主潮;四十年代,毛泽东的《在延安文艺座谈会上的讲话》使关于革命的小说逐渐形成一种定势;中华人民共和国成立后,在社会大气候环境的影响下形成了十七年文学时期蔚为大观的"红色经典";在新时期,重新审视革命战争的新历史小说应运而生,并由此最终形成了一种与革命历史小说截然不同的、关于革命历史的思想观念。在这种逻辑推演中,读者可以比较清晰地看到革命小说在中国现当代文学历史中发展的脉络,并由此认可了作者的推断——"每个时代都有每个时代的文学,每个时代为下一个时代留下的文学遗产必定是那个时代的主旋律,足以真实而深刻地反映那个时代的历史气氛、历史情绪和人的心理历程。"

在随后的写作过程中,她从表层和深层两条线索进行论述。表层线索从文学现象本身着手，围绕着两代作家面对同一历史时期的革命历史题材所采取的截然不同的态度展开，充分展示和剖析了两类作品在物质层面的差异；深层线索则始终紧紧围绕着文学、历史与社会生活的关系展开，通过对现象的比较揭示出文学作为一种文化现象自身所具有的发展规律，即，历史的力量决定了在某个时期只能有某种文学现象产生，时代特征总是在制约着文学在形式、内容、思想、叙述方式等方面的变化。

将文学放回到历史原点进行客观评价，这是徐英春论文的可贵之处。对革命历史小说的评价，曾经出现一种贬抑的倾向，认为其在“为政治服务”思想指导下脱离了文学自身的轨道，是思想性大于艺术性、服务性大于娱乐性的时代产品。对此，她通过学理的论析指出，历史的力量决定了在某个时期只能有某种文学现象产生，任何作家都无法超越历史年代的束缚。我们不能超越时代，抛开客观历史背景进行评判，而是应该将文学作品放回到历史原点进行客观评价。从五四新文学运动到革命历史小说的产生，与最初刊登在各种报刊杂志上的那些白话小说相比，无论是在艺术形式方面，还是在情节构成方面，革命历史小说都体现出了文学本身的极大进步。

徐英春在书中写到，“作为巨大历史变迁的见证人，革命历史小说作家在主观感情上有强烈的倾诉欲望，他们渴望通过忠实再现来表达对历史变化的由衷赞叹。在客观理性上，他们自觉将个人命运与国家前途紧密联系起来，明确地以文学创作为武器和工具，投入到新中国的社会主义建设洪流中。”我比较认同这个观点。因为我本人也可以算是那段历史的亲历者。与此同时，她使用了“反思性历史”这个名词来概括新历史小说的本质特征。这也是她的创新之处。

关于革命历史小说创作中所包含的“亲历性”特征已经有很多人论到，而对于新历史小说创作的“反思性”特征还有待深入探讨。她在具体论述中明确地使用了“亲历性历史”这个名词来概括革命历史小说的本质特征，并将它与“反思性历史”并列使用来说明自己对革命历史小说与新历史小说这两类文学现象的总体认识和把握。“反思性历史”这个名词的提出，我认为是比较贴切的。新历史小说作家相较于革命历史小说作家来说是生长在五星红旗下的，没有机会从生活上回到原来去真实体验革命，因此他们将视线转向人的命运和人极其丰富的内心世界，将重点定位于生命个体的“人”本身，以理性来反思历史。

很多民族在文化发展的过程中都具有文史不分家的历史渊源。文学记录历史的片段，而历史则为文学提供了丰富的创作素材。徐英春认为历史小说是人类对历史所做出的一种文学性的思考。在本书的第一章，她用大量的笔墨阐述了文学与历史的渊源关系，例举了历史小说中古今中外的名家名著，从而说明了文学与历史的密切关系由来已久，文学的发生、发展本身是一种历史现象，不同历史时期总有不同的文学思潮、形式和风格的形成和发展。在她看来，革命历史小说作家处在那样一个珍视并维护革命成果的历史年代，作家把创作本身当成是中国革命事业的一部分，并努力通过写作活动表达一种革命内蕴；而在新历史小说作家所处的历史时期，作家以一个纯粹的文学工作者的身份，视文学为个人的生命体验、心灵感悟，站在那段革命历史的远处回顾、揣测当时情境，继而对世界、社会、生活以及人自身进行独特的艺术表达。

在本书第二章中，作者认为时代特征是文学作品中必须承载的。针对所研究的两类文学作品，她概括出了大致的时代特征。即，革命历史小说是以文学艺术的形式演绎阶级概念，作品中阶级阵营泾渭分明，阶级立场旗帜鲜明，阶级感情自然流露。作家在塑造人物形象时总是用政治逻辑所伴随的核心标准进行生活、道德描写，根据阶级成分来决定人物品德的优劣，注重弘扬民族精神，表达政治热情，充分展示、表现阶级对立。而新历史小说是传统文化与现代观念的有机融合，以传统文化建构的生活框架，表现现代观念冲击下的传统道德，由传统与现代组合出复杂的人物形象。作家在写作中淡化阶级性，站在超阶级的观点上，站在人类的高度来看待革命历史，着力表现人的精神主体的无比丰富性和伟大力量,将重点定位于生命个体的“人”本身,努力挖掘战争中敌我双方作为个体人的不同之处。

新历史小说在创作过程中始终存在一个参照物——革命历史小说。新历史小说要做的最重要的一件事情就是对革命历史小说的全面颠覆。因此,革命历史小说肯定革命历史发展的历史必然性,而新历史小说则解构神圣革命历史,认为革命历史发展的偶然性与必然性并行不悖,打破阶级出身与政治倾向的必然联系,对革命历史做出多元化的解构描写。这是本书第三章具体阐明的观点。通过革命历史小说我们可以看到,处于水深火热中的农民只有也只能通过革命斗争来满足自己的生存和安全需求。革命斗争不仅满足了农民的生存需求,同时也从较高层次满足了以农民为主体的下层劳动者希望被尊重、被认可的精神需求。而新历史小说突破传统历史观念的束缚,改传统的革命史观变为非正统的大众史观,从民间文化的视角切入革命战争的历史,传统观念中那种单一纯然的赤色革命历史被斑驳陆离的、杂色的个人史、家史、村史、地方史等各种形式的非正统历史文本所取代。在新历史小说中,阶级出身不能决定个人的政治倾向,人占据了文本的全部,人类共有的关于人性的善恶美丑的价值评判体系取代了历史上一度作为绝对权威的阶级意识观念。为什么会有这样的分歧?作者在第四章做出了判断。

对于革命历史小说和新历史小说作家来说,他们所处的社会历史环境造就了他们不同的创作心态,因此,面对相同的革命历史素材他们会有不同的选择和判断,从而使各自的作品承载了不同的时代精神内涵。

同样是描写战争期间普通百姓的生活,革命历史小说从政治的视角表现出被压迫的人民由自发到自觉的觉醒过程,力图展示革命的合理性和必然性;而新历史小说作家注重发掘灾难深重的环境下人的生存状态,通过描述福贵们与上官鲁氏们在战乱中的顽强求生的欲望和生命的韧性,表现人在艰难困境中所具有的非凡的生存能力。革命历史小说在总的政治路线指导下认识现实,并强调作品对总的政治路线的服务性，深入思考如何加强作品的艺术性和宣传作用，以政治路线衡量作品是否有益于推动现实生活向积极方向发展；而新历史小说以不违背政治路线为基准，通过作品自由表达自己对社会、人生的认识和体验，不再考虑文学的宣传作用以及是否能在社会中产生积极的政治思想意义。从创作前提上来看，革命历史小说作家的创作动机源于自身体验后渴望进行主观感情表达的冲动，他们的创作是基于感性体验的一种文学表达；而新历史小说的创作动机源于作家们经历了中国社会重大的政治、经济变革后的反省意识，他们的创作相对而言更侧重于理性思维表达。而在建国之初的岁月里，文学和作家具有崇高的社会地位，通过文学作品宣传思想文化观念是一种近乎完美的教化手段。但是在经历了近半个世纪的时间跨度之后，作家们的地位和文学意识也在变化，因此他们笔下的作品放弃了教育和说教的重负，对人们已经熟知并形成意识观念的革命历史生活题材重新进行加工演绎，从全新的角度展示出了一幅幅与过去迥然不同的革命生活画面。

前几年，继新历史小说潮流沉寂之后，影视界对“红色经典”掀起了新的热衷。革命历史小说中的那种革命历史生活又重新被展示出来了，在社会上引起了非常广泛的影响，但其中对于感情和人性部分的处理不乏新历史小说的痕迹。因此，从客观的角度来说，革命历史小说与新历史小说作为各自时代的重要文学现象都是很优秀的，都从某种意义上缔造了一种精神价值和社会价值。从文学本身来说，他们同样在中国文学史上留下了浓墨重彩的一笔。基于这种认识，作者在本书结语中写道：我们不能超越时代，抛开客观历史背景进行评判，只有公正对待历史，对待历史上的文学现象，我们的文学才能逐步趋向成熟和繁荣。

以上是我读徐英春的《倾听历史的回音——革命历史小说与新历史小说研究》所想到的，权充作序言吧。

2012 年 8 月 5 日　于长春

前　言

每个时代都有每个时代的文学，每个时代为下一个时代留下的文学遗产必定是那个时代的主旋律，足以真实而深刻地反映那个时代的历史气氛、历史情绪和人的心理历程。一部成功的文学作品或一种强劲的文学潮流往往都会带有鲜明的时代特色。而任何文学作品的成功总是和同时代的思潮息息相关，必定强烈地打上那一时代的烙印。革命历史小说和新历史小说就是这样的带有深刻时代烙印的两种文学现象。

革命历史小说和新历史小说都是中国当代文学史上重要的小说潮流。革命历史小说产生于新中国建国之初立志艰苦创业的五六十年代，是“在既定的意识形态的规限内，讲述既定的历史题材，以达成既定的意识形态目的”①，主要讲述中共领导的革命斗争，讲述“革命”的起源的故事，讲述革命在经历了曲折的过程之后，如何最终走向胜利。也就是说，革命历史小说是纯粹的以中国共产党的革命历史为创作素材的，《苦菜花》（冯德英）、《野火春风斗古城》（李英儒）、《保卫延安》（杜鹏程）、《林海雪原》（曲波）、《风云初记》（孙犁）等一批红色经典小说就是这一创作模式中比较有影响的文学作品。新历史小

① 洪子诚：《当代文学史》，北京大学出版社 1999 年第 1 版，第 106 页。

说则产生于中国改革开放后经济蓬勃发展的二十世纪八九十年代，是八十年代中后期蓬勃兴起的一种文学潮流，在创作题材的选择上与革命历史小说多有雷同之处，“取材范围大致限制在民国时期，并且避免了在此期间的重大革命事件，有意识地拒绝政治权力观念对历史的图解，尽可能地突现出民间历史的本来面目。”①如《丰乳肥臀》（莫言）、《白鹿原》（陈忠实）、《故乡天下黄花》（刘震云）、《活着》（余华）等都涉及了中国共产党建党之后的革命斗争生活，然而，这些作品的作者在写作手法、取材角度、主观感情投入等方面采取了与革命历史小说作家截然不同的态度，并由此对同样的历史题材做出了与革命历史小说作家截然不同的历史判断。为什么同一种历史故事会有两种不同的说法？这是需要人们深思的一个问题。探析从革命历史小说到新历史小说的发展变化，我们或许可以得到某种关于社会历史发展的启示。

革命历史小说具有划时代的意义，创造了完全不同于以往的历史观（革命史观），“作家通过他们的文本透露了他们在讲述话语年代的真实心态，他们以尊崇的心态面对中国革命历史和当代社会生活，并以浪漫的方式创造了自己尊崇的人物和故事。”②小人物、下层人民成为作品中的主角并成为英雄，成为被讴歌和赞赏的对象，表现了劳动者在历史发展中所做出的不可磨灭的贡献。如革命历史小说塑造的一系列人物形象：农民系列；战士系列；地下斗争系列；武装战争系列……延安保卫战的英雄连长周大勇，勇猛顽强，无所畏惧，在长城线上率领战士们同几倍于自己的敌人较量，坚持了十几个昼夜，可谓九死一生，表现了勇于牺牲的伟大精神；解放军剿匪小分队中的杨子荣，

① 陈思和：《当代文学史教程》，复旦大学出版社 1999 年第 1 版，第 309 页。

② 孟繁华：《梦幻与宿命——中国当代文学的精神历程》，广东人民出版社 1999 年第 1 版，第 37 页。

智勇双全,深入虎穴,临危不惧,也同样表现出了英勇的一面;还有地下斗争中的杨晓冬、金环等形象,虽然都是来自社会下层的小人物,但是他们却以自己的实际行动集中体现了人民缔造历史的伟大力量。这首先是由于时代新气象层出不穷,人们的观念发生巨大转变,但更重要的是在那个乾坤倒转,人民翻身得解放的历史时期,社会生活本身即融入了阶级观念、革命观念。作为处于当时历史背景下的作家,李英儒、冯德英等不能违背时代主流,跳出生活圈子进行创作。他们的文学作品由此表现出鲜明的时代特征,忠实的再现了以“革命”和“阶级”论英雄的时代特色。而新历史小说的当代意识更为浓厚。无论是从小说的思想内涵还是写作技巧、理论来源来看,新历史小说也同样都是具有鲜明时代特征的文学作品。

与革命历史小说作家不同,新历史小说作家写革命历史生活却没有那种生活经历。由于不能从生活上回到原来去真实体验革命,因此,他们转而将目光投向了具有共性的人性情感体验和理论体验,以理性来反思历史,想象、创作的成分超越生活本身。新历史小说作为新思潮、新观念的产物超越了革命历史小说政治图解的局限。小说中淡化性格刻画,而将浓化人性、人情和伦理道德作为重点表现的对象。他们大胆表现战争的荒诞本质以及战争敌我双方灵魂的扭曲、异化,相较于革命历史小说单纯的阶级意识而言具有更深层的思想内涵。

可以肯定的是,通过对这两类历史小说进行全面、深入的比较研究,我们能够对文学与社会、历史的深刻关系以及文学发展的自身规律有全新的认识和把握。革命历史小说和新历史小说都是自问世之后便立刻受到普遍关注,尤其是受到文学研究界的重视。而新历史小说作为与革命历史小说不同的一种新的文学现象,它所引起的反响尤为突出,很多研究者都想借助那些自己感兴趣的作品和话题来阐明自己的学术观点。然而,目前的研究者大多是在谈新历史小说或革命历史小说时兼论其他。大多数研究是根据某种情节或现象就事论事的展开,没有形成一个较为全面的比较研究。而且,目前的研究观点普遍是对革命历史小说进行贬抑,认为其在"为政治服务"思想指导下脱离了文学自身的轨道,是思想性大于艺术性、服务性大于娱乐性的时代产品。而实际上,回首我国现代文学发展的历史,我们应该承认,革命历史小说在整个现当代文学发展的历史进程中是具有不可磨灭的功绩的。从新文化运动到革命历史小说的产生,只有短短的四十多年时间。看看最初刊登在各种报刊杂志上的那些稚嫩的白话小说,我们必须承认,仅仅从小说写作本身来看革命历史小说在中国文学史上也是一种极大的进步。因此,我们必须对这两种具有划时代意义和价值的文学现象进行全面的比较研究,以便人们能够对"革命历史小说→新历史小说"的发展变化有一种较为全面、客观的了解。

"每一个历史阶段都是独一无二的;历史的力量决定了在某个时期只能有某种生活。"①革命历史小说是中国在解放初期那个特有历史阶段产生的特有的文学现象,新历史小说则是中国改革开放和市场经济浪潮冲击的必然产物。从革命历史小说到新历史小说反映了中国社会观念的转变:历史从传统政治史向民间社会还原;由历史必然论转向历史偶然论和不可知论;思维模式由二元对立转向多元化思维。

在革命历史小说产生的年代,"当身带硝烟的人们从事和平建设以后,文化心理上很自然地保留着战争时代的痕迹:实用理性和狂热政治激情的奇妙结合,英雄主义情绪的高度发扬,二元对立思维模式的普遍应用,以及民族主义爱国主义热情占支配的情绪,对西方文化的本能性的拒斥。"②表现在文学作品中的就是冯大娘、杨晓冬、周大

---

① 希利斯·米勒著、郭英剑译:《重申解构主义》,中国社会科学出版社 1998 年第 1 版,第 43 页。

② 陈思和:《中国当代文学史教程》,复旦大学出版社 1999 年第 1 版,第 6 页。

勇、杨子荣、高庆山等伟大英雄形象的塑造。当时的大多数作家在军事胜利的鼓舞下,积极投合战争文化心理,自觉强调文学创作的政治目的性和政治功利性。作家在作品中自觉运用战时两军对阵的二元对立思维模式来构思创作,作为参与革命战争的胜利者,革命历史小说作家在写自己浴血奋战的那段历史时注重从思想上教育群众的宣传色彩,很自然的淡化己方“失败”事实。由于经历了战争的残酷,他们不愿再度直面那种血腥的创痛而回避对战争残酷的正面描写,于是乎文本中表现出对战争残酷性的忽视。在必须涉及历史事件中共产党曾有过的失败时,他们往往采取神化的手法,以诸如“战略性转移”等词汇予以掩饰。曲波在谈到写作体会时明确表示:“作者的立场和观点,是个十分重要、丝毫不容苟且的根本问题。爱谁,恨谁,爱什么,恨什么,歌颂什么,打击什么,都不允许有一点含糊。”①他们的历史观念中充分表现出了一种共识——肯定历史发展的必然性,自觉强调英雄主义和革命乐观主义。

新历史小说是解构主义思潮的产物。解构主义是第二次世界大战后产生的新思潮,十九世纪七十年代由法国传入美国,初期遭受到不少批判,但在八十年代渗透到各支人文科学,间接地展现在各种学术思维中,特别是在文、史、哲、心理、人类学、语言学等领域。解构主义所倡导的无中心论,否定绝对权威和二元对抗都是打开一个完全开放、生生不息、时时在变异中运转的宇宙观所需要的必然思维方式。它最大的功绩在于解除了长期统治人们思维的传统一元推理方式对人们打开思路的障碍,使“绝对真理的起源与终极的可知性、历史记载的绝对客观性、文本解读的确凿性、权威性及可穷竭性、时空隔离对立、知识的整体与绝对正确的可掌握性,等等,凡此类在形而上学结构

---

① 曲波:《林海雪原》,人民文学出版社 1964 年 1 月第 3 版,第 587 页。

体系中被坚信不疑的学说都受到挑战和质疑。"①新历史小说对中国革命历史题材的重新发掘和认识完全体现了解构主义思潮的特征。它们对革命历史小说中所承诺的历史记载的绝对客观性以及因此而形成的在过去时代盛行一时的文本解读的确凿性、权威性、可穷竭性等提出了异议甚至挑战。

关于中国革命的小说是与中国现实革命生活密不可分的。辛亥革命后的军阀混战使劳苦大众苦不堪言。当时的文人通过大量的作品记录和反映了战争给社会带来的巨大创伤。最具代表性的是当时的权威文学刊物《小说月报》(1921 年改版后的)上就有很多涉及革命的小说。如,庐隐的《两个小学生》(1921 年第十二卷第八号),从两个小学生的视角展示了革命运动的普遍性以及兵丁镇压手无寸铁的游行师生的残酷性。叶绍钧的《火灾》(1923 年第十四卷第一号)以书信体小说展示了兵荒马乱、土匪成灾、天降祸患的农村生活。随着革命、战争的不断加剧,文学反映也愈发及时而丰富起来。仅在 1924 年一年,《小说月报》第十五卷就集中发表了大量的与革命运动、战争状态相关的小说,并将七号、八号定为"反战专号",发表了渺世的《投军》(七号)、《谁哭》(八号)、许钦文的《虚惊》(七号)、赵景深的《枪声》(七号)、王思玷的《一粒子弹》(七号)《几封用 S 署名的信》(八号)、叶伯和的《一个农夫的话》(七号)、静农的《途中》(八号)、佷工的《一个逃兵》(八号)、蒋运宏的《梅岭上的云烟》(八号)等小说。这些小说主要是从旁观者的角度,以相对消极的情绪揭示了革命、战争给社会生活和人的心灵带来的巨大影响。这一类小说的创作延续到二十世纪二十年代末三十年代初产生了新的变种——以积极姿态倡导革命并参与其中的革命小说。尤其当中国共产党领导下的"左翼作家联

① 郑敏:《结构——解构视角:语言 - 文化 - 评论》,清华大学出版社 1998 年版,第 51 页。

盟”成立后，在革命作家的倡导和亲身实践下，革命小说一度成为引领文学方向的主力。蒋光慈的《短裤党》、《野祭》、《冲出云围的月亮》、胡也频的《到莫斯科去》、《光明在我们的前面》、楼适夷的《盐场》、洪灵菲的《流亡》等作品自觉以文学为宣传工具来表现当时的革命风云，积极引导一代青年走上了革命的道路，成为中国现代文学史上一道独特的风景。三四十年代，关于革命的小说因为革命的愈演愈烈而继续成为不可忽视的文学现象。四十年代初期，毛泽东的《在延安文艺座谈会上的讲话》（以下简称《讲话》）使文学创作发生了质的改变。其中关于革命的小说随着讲话精神的深入贯彻逐渐形成一种定势。新中国成立后，在社会大气候环境的影响下，这一类创作将目光对准了中国共产党的革命历史生活中辉煌的一面，肯定性的描写发展成为作家们的主要写作趋向，并由此形成了十七年文学时期蔚为大观的“红色经典”。这种趋向一直持续到“文革”结束后。在新时期，承继着反思文学、寻根文学和新写实小说的理性思考，当代文坛出现了重新审视战争和革命历史的新历史小说，并由此最终形成了一种与革命历史小说截然不同的关于革命历史的思想观念。

“任何历史现象、革命，任何作品的产生，意识形态的改变等等，都有各种原因，也只能从原因的角度来解释，但历史现象或事件从来就不只有一个原因，而是有众多的原因，因此，历史现象是一个多元决定的现象。”①革命历史小说和新历史小说无疑是文学历史上分别由多元因素共同缔造的两类文学现象，其中记录和反映着两个时代的社会生活场景。回首中国当代文学发展的历程，我们可以毫不犹豫地肯定，它们的产生和发展是中国当代文学历史进程中的两道风景，在中国当代文学长廊中同样具有不可磨灭的历史价值和意义。

---

① 杰姆逊著、唐小兵译：《后现代主义与文化理论》，北京大学出版社 1997 年第 1 版，第 71 页。

目 录
CONTENTS

第一章

文学与历史

第一节 历史、文学与时代精神

文学是人类认识、把握人的生活世界的一种基本形式，而每个历史时期中最能体现当时总的思想活动趋向的时代精神则往往成为文学创作不能忽视的表现对象。

一、文学与历史由来已久的密切关系

在各个民族文化发展的过程中普遍具有文史不分家的历史渊源。文学记录历史的片段，而历史则为文学提供了丰富的创作素材。

"自古至今的历史是文学的一部分，它的目的在于用艺术的手法来描述过去的事实，以满足人们对于古代伟大人物的功绩遭遇，王朝的兴衰，历代的天灾人祸等事的好奇心。"①历史与文学的休戚相关在

① 詹姆斯·哈威·鲁滨孙著、齐思和等译：《新史学》，商务印书馆，1964年第1版，第22页。

大量的历史著作和文学作品中都能得到印证。马克思曾说,“古代歌谣是他们(日耳曼人)的唯一的历史传说和编年史。”①同样,翻阅世界文学史,我们可以从《荷马史诗》里瞻仰古希腊文明的风采;可以从莎士比亚的历史剧中重温英国皇帝理查二世时期的历史生活;可以在巴尔扎克的《人间喜剧》里窥视当时历史时期法国社会各阶层的喜怒哀乐。而在中国历史上,司马迁的《史记》、班固的《汉书》以及其他一些富有文采的历史作品既是历史研究中重要的文献资料,同时又可以被看成是不朽的文学名篇。对于涉及同一段历史的历史文献和文学作品,它们的区别就在于,历史文献是以精简、客观的笔墨记录生活、事件、人物等,而文学文本则是以丰富的想象和华美的词汇尽可能感性地展示出血肉丰满的生活图景。

历史是对过去事实的记载,它本身包含着无法避免的主客观的矛盾。一方面,历史以客观反映社会实际发展状况为主旨;另一方面,历史本身又是特定时代、特定人物的主观记录和整理。法国著名史学家兼批评家丹纳在讲述《艺术哲学》时曾经提到过时代精神对艺术的巨大影响,认为在艺术的创造过程中,“风俗习惯与时代精神,和自然界的气候起着同样的作用……时代的趋向始终占着统治地位。”②这种判断在史学著述中同样适用。回首我们光辉灿烂的悠久历史,从《春秋》、《史记》到《汉书》乃至当代的各种历史著作,著者在进行著述时,都希望通过客观的笔触为后世留下关于当时社会重大历史事件的真实记录,但是,作为一个处于特定时代的思维主体,作为一个具有独立思想和人格的个体,他们在对浩如烟海的现实资料进行取舍、对各个历史片段进行符合文本的裁减、修饰时,都不能不带有主观思维的痕

---

① 马克思:《摩尔根〈古代社会〉一书摘要》,《马克思恩格斯论文学与艺术》,人民文学出版社1982年第1版,第153页。

② 丹纳著、傅雷译:《艺术哲学》,安徽文艺出版社,1998年第1版,第73页。

迹和时代的烙印。因此,“我们所修的历史只是对历史的客观存在的一种阐释,而不能等同于历史客观存在本身”①

人类思考历史的方法有多种,如哲学性的思考、历史性的思考和文学性的思考。哲学性的思考是理性地反思历史,例如,马克思和恩格斯认为,“‘历史’并不是把人当作达到自己目的的工具来利用的某种特殊的人格。历史不过是追求着自己的目的的人的活动而已。”②詹姆斯·哈威·鲁滨孙认为,“历史是我们对过去的知识。我们要追问历史,就像我们要回忆自己个人的行为和经验一样”③;历史性的思考是以客观的态度记录、整理和研究历史,即通过编年体、纪传体或通史、断代史的方式书写历史著作,司马迁的《史记》、班固的《汉书》等历史名著是这种思考方式的物质载体;文学性的思考则是以文本感性地体验历史,古今中外大量的历史性文学作品是具体体现。

翻阅文学史册,我们可以看到随着文学自身的发展,关于历史的文学作品中很大一部分是以历史小说的形式出现的。“所谓历史小说,通常是指以既定的历史事实、人物、故事以至神话传说为题材的创作”,④很多作品之所以能流传于世是跟其中所蕴涵的深刻历史意义分不开的,如法国作家司汤达的《红与黑》突出表现了王政复辟时期法国社会的黑暗,揭示了当时尖锐的阶级关系和紧张的政治空气;英国作家狄更斯的《双城记》是站在人道主义立场来看待法国大革命的虚构小说;苏联作家肖洛霍夫以《静静的顿河》史诗般地再现了20世纪初20年间顿河地区的社会变革和急剧的历史转折中哥萨克的生活与

---

① 郑敏:《结构——解构视角:语言-文化-评论》,清华大学出版社,1998年11月,第51页。

② 马克思 恩格斯:《马克思恩格斯全集》(二),人民出版社1963年版,第118页。

③ 詹姆斯·哈威·鲁滨孙著、齐思和等译:《新史学》,商务印书馆,1964年第1版,第83页。

④ 姜振昌:《故事新编与中国新历史小说》,《新华文摘》2001年第8期,第101页。

命运。在我国,与诗、词、歌、赋等文艺形式相比,历史小说的历史显得有些单薄,但是明清以来,以《三国演义》、《水浒》等为代表的优秀作品为中国历史小说奠定坚实的基础。明清以来中国历史小说不乏良作,展示了中国不同历史阶段的广大社会场景,为后人了解历史生活提供了便捷之道。革命历史小说与新历史小说也是在对历史进行思考的基础上形成的艺术作品。它们开创了文学史上的全新局面,记录和反映了同时代的时代精神。作为对中国历史小说的承继,革命历史小说和新历史小说的出现无疑充实和丰富了中国文学历史的篇章,无论是充满政治意识的《苦菜花》(冯德英)、《野火春风斗古城》(李英儒)、《保卫延安》(杜鹏程)、《林海雪原》(曲波)、《风云初记》(孙犁)等革命历史小说,还是充满现代意识的《丰乳肥臀》(莫言)、《白鹿原》(陈忠实)、《故乡天下黄花》(刘震云)、《活着》(余华)等新历史小说,都能使人们从不同角度对过去的事实产生一种属于自己的认识。

二、文学是一种历史现象

文学的发生、发展本身是一种历史现象,不同历史时期总有不同的文学思潮、形式和风格形成和发展,可以说,文学在历史过程中成长,从文学丰富的思想内涵来说,“读者必须联系到历史现实才能理解一个时代的思想;同时又必须联系一个时代的思想,才能理解该时代的历史真髓。”①

追溯文学的历史,我们可以从《诗经》中的国风和先秦诸子的散文中看到春秋战国以及在此之前古老时代的历史痕迹。“《诗经·国风》中的‘民间’恋歌和氏族贵族们的某些咏叹,奠定了中国诗的基础以及以抒情为主的基本美学特征……那种一唱三叹反复回环的语言

---

① 何兆武:《西方哲学精神》,清华大学出版社2003年版,第105页。

形式和委婉而悠长的深厚意味，不是至今仍然感人的么？它们虽然不同于其他民族的古代长篇叙事史诗，而是一开始就以这种虽短小却深沉的实践理性的抒情艺术感染着、激励着人们。”①同一时期的以屈原的《离骚》为代表的南国文学由于原始氏族社会结构的保留和残存所造成的巫术宗教文化的影响，在文学作品中呈现出想象奇异，感情炽烈，具有浓厚的神话色彩的艺术特征。建安风骨成就于东汉末年的动乱之中，社会动乱使文人们饱受乱离之苦，同时也激起了他们的政治热情，建功立业、扬名后世，成为他们共同的追求；而战乱导致的生灵涂炭，疾疫流行，又使人生苦短的哀叹成为他们吟咏的另一个主题，使建安诗歌带有浓郁的悲剧色彩。魏晋乱世以及严格的门阀制度促成了魏晋风度的形成。“作家们既要适应战乱，又要适应改朝换代，一人前后属于两个朝代甚至三个朝代的情况很多见。”②在这一时期，由于历史原因造成的玄学对文学的渗透、自我表现的要求以及对人生艺术化的追求都为魏晋风度的形成奠定了基础。沿袭发展的唐诗宋词、元曲杂剧、明清小说乃至现代文学中的白话小说、革命文学和抗日文学等等，也同样都是历史的产物，具有深厚的历史渊源。它们在历史过程中形成、变化、发展，同时又是历史的重要组成部分。如果说历史文献的写作力求客观，那么以特定历史年代的历史人物、事件等为创作题材的历史性文学则竭力掩饰其主观性。综合来看，文学体现历史的特点是因为历史观的不同而呈现出现实主义、浪漫主义以及现实与浪漫相结合的形式。如，同样描述三国时期的历史状况，陈寿和罗贯中这两位历史观念不同的作者给后人留下了关于这一时期历史生活的两种文本。《三国志》从理念出发，是客观描述的具有现实主义写作风格的历史文献资料，作者以发展的目光看待那段历史，拥曹贬刘，展示

---

① 李泽厚：《美学三书》，安徽文艺出版社 1999 年版，第 61 页。

② 袁行霈：《中国文学史》（二），高等教育出版社 1999 年第 1 版，第 9 页。

曹操获取政权的必然性和合理性;《三国演义》则从中国传统道德伦理观念出发,追求名正言顺的儒家封建秩序,是富有强烈感性色彩的文学作品,通篇反映出拥刘贬曹的价值取向。革命历史小说和新历史小说的出现也体现了新中国建国后所形成的两种不同历史观对同一段历史的不同评价与认识。它们二者之间的内在联系深刻反映了中国的巨大历史变迁。

无论是从字面意义来理解,还是从内容上来分析,革命历史小说与新历史小说中的主要构成因素都是历史,具体来说是中共革命史,即从1921年中国共产党成立到1949年新中国成立期间,广大人民在共产党领导下,同西方殖民主义者、封建传统捍卫者、残酷的日本侵略者、腐败无能的国民党及其境外支持势力所进行的不屈不挠的革命斗争的历史。但是,由于写作年代的不同,取材于同一段历史生活,两代作家对近乎相同的历史素材却做出了大相径庭的判断。而且,他们都真诚地表达了自己的客观公正的创作态度,并竭尽全力地想通过逼真的叙述和描摹使读者接受自己通过文学描写所还原的历史真实。

李英儒、冯德英、孙犁、曲波、杜鹏程等从战火硝烟中走出来的作家以虔诚、真挚的笔触对中国共产党和她所领导的革命斗争进行了态度鲜明的定位:中国共产党必然胜利,因为共产党所领导的部队纪律严明,“三大纪律,八项注意”的精神内核已经融入了几乎每个干部战士的灵魂之中;党的干部作风优良,立场坚定,杨晓冬、周大勇、杨子荣、高庆山、于得海等人就是当之无愧的形象代言人;党的干部、群众不沉迷于有碍道德伦理的婚恋,注意自己的革命形象,不谈爱情或者只谈精神至上的爱恋;在中国共产党影响下的群众通过革命实践的考验坚定了前进的方向,无数如冯大娘那样为保卫革命利益宁死不屈的革命者是共产党取得最后胜利的群众基础;无产阶级群众经过火与血的考验产生思想上的飞跃,团结一致,齐心向党……而革命历史小说中所建构的坚定、明确、神圣、崇高等革命品质在《丰乳肥臀》、《白鹿原》、《故乡天下黄花》、《活着》等新历史小说作品却无处容身，充斥作品的是其中处处体现的解构主义消解神圣、消解英雄形象的创作精神。同样一段历史因为他们的不同展示而扑朔迷离起来。

革命历史小说作家李英儒在《野火春风斗古城》序言中说，"这本小说写的是历史题材……写历史题材要合乎历史的真实性，违反历史真实或任意改动历史都是不能允许的。"①他的真诚表述代表了同时代作家对历史题材小说的共识。而作为新历史小说作家的代表性人物，莫言对描写这段历史的前辈作家表达了自己的看法，"当时作家的最高理想就是希望能用作品再现人民战争的壮丽画卷，希望能够再现某一段历史。……是'红色经典'符合历史真相呢还是我们这批作家的作品更符合历史真相？我觉得是我们的作品更符合历史的真相。"②作为历史现象，革命历史小说和新历史小说都是承载着时代精神的文学作品。作为引领两个时代文学潮流的优秀作家，无论是革命历史小说作家还是新历史小说作家，他们对待文学创作的诚挚态度都是不容置疑的。因此，我们无法评说哪一个时期的作品更真实。但是，作为一种历史现象的存在，我们可以说，从革命历史小说到新历史小说是革命历史题材小说创作的一种新的发展。

三、文学与历史上的时代精神

如果历史文献记录的是纯粹的历史客观现象，那么，历史文学则是将特定历史时期的意识形态、思想倾向以及文化娱乐、风土人情等历史精神的构成因素浓缩在历史客观形象中，以立体、全面的方式呈

---

① 李英儒：《野火春风斗古城》序，人民文学出版社 1962 年第 1 版，第 6 页。

② 莫言、王尧：《从〈红高粱〉到〈檀香刑〉》，《当代作家评论》，2002 年第 1 期，第 13 页。

现于世。正如丹纳所言,"每个形势产生一种精神状态,接着产生一批与精神状态相适应的艺术品……也因为这个缘故,今日正在酝酿的环境一定会产生它的作品,正如过去的环境产生过去的作品。"①

相对于历史来说,文学所展现的物质层面的客观历史事件虽然因为文学想象和创造而显得感性色彩十足,但是,我们必须承认,任何一部成功的历史文学文本都比一部历史文献更能体现同一历史时期的精神风貌,也就是我们所说的时代精神。研究一部文学作品,我们除了能从文本中了解关于历史事件发生年代的时代特征,还能透过文本本身对写作年代的社会生活、价值观念、行为准则等有所认识和把握。也就是说,通过文学作品,我们不但可以看到它们在艺术上所具有的时代特点,还能够看到它们以艺术的形式共同体现的那个时代的时代精神。

时代精神是在历史行进中形成并发展变化的。文学反映时代精神,同时文学又受制于时代精神。"历史精神主要是由意识形态话语体现的,它具有'制度化'的功能,它所倡导和抵制的不允许无视和超越,它无处不在的制约力使每个作家必须认真考虑并实行。"②屈骚传统、建安风骨、魏晋风度等被千古称道的文学现象和潮流主要在于他们真实而深刻地反映了历史发展中的时代精神,同时,它们也是只能在那种时代精神制约下才会出现的文学现象。革命历史小说和新历史小说作为在各自时代引领潮流的文学现象同样也是受时代精神制约而产生的文学作品。同时,它们又忠实记录和反映了历史发展中的时代精神。因此,从意识形态话语处于强势地位的 20 世纪五六十年代的作品中,我们可以清晰地看到作者通过作品对历史精神所做的阐

---

① 丹纳著、傅雷译:《艺术哲学》,安徽文艺出版社 1998 年第 1 版,第 103 页。

② 孟繁华:《梦幻与宿命——中国当代文学的精神历程》,广东人民出版社 1999 年第 1 版,第 2 页。

释,而在思想解放并且呈现多元化趋势的20世纪八九十年代的作品中,我们也能体会到时代精神的深刻内涵。

在革命历史小说产生的时代,人们的价值观是忠诚、奉献,“把方便给人,把困难归己;见困难就上,见荣誉就让的优秀品质”是当时思想道德的具体体现。那时的社会理想是建设美好家园,几乎每个革命历史小说作家在前言、后记里都表达了一种共同意愿——希望在回顾历史缅怀英雄的同时让青年同志因为了解而更加信赖和热爱共产党,从而发挥更大的干劲,用更高的速度建设社会主义国家。著名文艺评论家冯雪峰在《论〈保卫延安〉》中谈到,“在这样的史诗主题面前,作家的创造性当然不是表现在被动地服从事件的外表的真实上面,然而一定表现在如何去真正掌握到事件的本质及其根本的、重要的精神上面。”①而在创作手法上,革命历史小说主要是采用社会主义的现实主义手法,讲求叙述的时间先后顺序;情节是完整有序的;从社会角度出发进行选材,“要选择对今天有教育意义的内容,要使作品里洋溢着合乎时代精神的思想感情”②;注重描写阶级对立的情感体验。在文本叙述中,具有非常明显的体现群性、淹没个性的时代特征。而这一切都是历史本身使然。

对于革命历史小说和新历史小说作家来说,在所有的时代差异之中,作家历史观的不同是导致两种文本产生的最重要原因。革命历史小说作家认为写历史题材要符合历史的真实性,不能任意更动或违反历史真实,他们通过再现历史场景肯定革命的正确性,推崇传统道德,作品中往往具有震撼人心、催人奋进的精神力量。那时的文学则具有文以载道的性质,承担的是“文学为政治服务”的重任,注重文学的工具性和服务性。而在新历史小说的创作年代里,社会思潮呈现了复杂

---

① 冯雪峰:《论〈保卫延安〉》,《保卫延安》,北岳文艺出版社2001年第1版,第2页。

② 李英儒:《野火春风斗古城》序,人民文学出版社1962年第1版,第6页。

多元的趋势，强调人文精神，张扬个性，倡导人性，追求自我独立等新思想为作家们的创作奠定了开放、自由的基调。在创作方面，作家们具有积极的开放性，勇于接受外来新鲜事物，写作手法复杂多样，受现代写作技巧的影响，表现在叙述时空上的跳跃行进，情节上的杂错交融，从个性角度出发进行选材，注重个人体验的表达和文学的艺术性与娱乐性。在历史观方面，他们受西方后现代思潮的影响，消解神圣，解构历史，肯定历史中的偶然因素，从人类学的角度理解战争状态下人的生存方式。

第二节 革命历史小说：亲历性的历史

革命历史小说所描写的革命历史生活对作者本人来说是一种亲历性的历史。作为巨大历史变迁的见证人，革命历史小说作家在主观感情上有强烈的倾诉欲望，他们渴望通过忠实再现来表达对历史变化的由衷赞叹。在客观理性上，他们自觉将个人命运与国家前途紧密联系起来，明确地以文学创作为武器和工具，投入到新中国的社会主义建设洪流中。

一、革命历史小说与作家

革命历史小说作家的身份随着社会的巨大变动而几经变化。他们是旧社会的受压迫者、革命中的战斗者和跨越时代的历史见证人。他们所创作的革命历史小说展示了一种亲历性的历史，是在生活实践的基础上产生的文学作品，注重展示战争年代历史场景在物质层面的真实状况。亲历性意味着战争、流血和牺牲，意味着艰难跋涉的辛劳，生与死的考验。对革命历史小说作家们来说，革命的艰辛、战争的残酷是昨天刚刚经历过的，即使在时过境迁的创作时期，他们仍有痛感。因此，他们渴望用笔记录和展示出自己在重大历史变革时期的经历，希望表达出自己对中国革命发展历程的所思所想，期待以文学创作的方式为自己的政治信仰贡献应有的力量。

冯德英、李英儒、杜鹏程、曲波、孙犁等革命历史小说作家都亲身经历过浴血奋战的革命历史生活。并且，他们以尊崇的心态面对中国革命史和当代生活。因此，读者在他们的作品中不但可以清晰地看到作家本人的生活痕迹，而且能够感受到他们对中国革命史和当代生活的发自内心的尊崇。这些沉浸在胜利喜悦中的作家亲眼目睹了中国的伟大历史转折，出于一种情感本能，他们热切地盼望那些为了新中国成立抛头颅洒热血的英雄们的形象和光辉事迹能够永久地留在人们的心中，并成为激励后人建设祖国的强大动力。于是，原本拙于写作的新人克服各种障碍开始了文学创作活动；一些老的知名作家也饱含着对中国共产党的热切期望和崇敬纷纷走上了红色经典的创作道路。《苦菜花》、《野火春风斗古城》、《保卫延安》、《林海雪原》、《风云初记》等一批脍炙人口的文学作品由此应运而生。

《苦菜花》以中国胶东农村为背景，以冯大娘一家为主线，描述了抗日战争时期当地群众和八路军在共产党的领导下，同日寇、汉奸以及封建势力英勇斗争的故事。作者冯德英是在战争环境里长大并走上文学创作道路的部队作家。他 1935 年出生在山东昆仑山区一个贫苦农民家庭。抗战爆发后，他的家庭成员相继投入革命斗争，他自己当过儿童团长、少先队长，1949 年 1 月又成为一名光荣的解放军战士。为了“表现出共产党怎样领导人民走上解放的道路；为了革命事业，人民曾付出了多么大的代价和牺牲，从而使今天的人们重温所走过的革命道路，学习前辈的革命精神，更加热爱新生活，保卫和建设社会主义祖国。"[①]他于1955年开始了《苦菜花》的创作，历时三年，几易其稿，终于完成了这部在当时反响巨大的现实主义作品。作者在后记中谈到，这本书是以真实的生活素材为基础写成的，有不少情节几乎完全是真实情况的写照，几乎所有人物都有一定的模特为蓝本。小说出版后影响空前，不仅获得社会各界一片好评，而且被改编搬上荧幕，成为家喻户晓的革命故事。

《野火春风斗古城》以生动的笔触，曲折的情节，讲述了抗日战争期间中国共产党地下工作者的英雄事迹。作者李英儒自己就是在抗日战争和解放战争期间从事过对敌伪斗争的地下工作者。杨晓冬、金环、银环、杨老太太、小燕、韩燕来等正面形象因为贴近生活真实而栩栩如生。金环这个人物原型就是作者从根据地送到内线去的。泼辣、倔强、勇敢的她，"在冀中广大乡村青年妇女群里，确乎不乏其人。"[②]同时，作者在新中国成立前同原国民党高级军官接触的经历使小说中所塑造的伪军司令高大成等反面人物也显得生动而真切。总体来看，源于作者亲历生活的创作素材构成了小说的主体。现实主义的基调使这部充满惊险、传奇内容的作品找到了坚实的生活根基。

同样，《保卫延安》与《林海雪原》也是在确有其事的现实生活基础上进行创作的。《保卫延安》的作者杜鹏程在敌人进攻延安后不久到了西北野战军第二纵队，"跟随部队参加了多次战斗，走遍了西北的大部分地方，穿过沙漠、草原、戈壁，越过数不清的高山峻岭和大小河川"。[③] 以解放战争初期东北地区的剿匪斗争为题材的《林海雪原》，描写中国人民解放军一支精悍的小分队，在严寒的冬天穿插于深山密林之中，以惊人的大智大勇，克服艰难险阻，终于剿灭几股颇有实力的

① 冯德英：《苦菜花》，北岳文艺出版社2001年第1版，第499页。

② 李英儒：《〈野火春风斗古城〉序》，人民文学出版社1962年第1版，第3页。

③ 杜鹏程：《〈保卫延安〉重印后记》，北岳文艺出版社2001年第1版，第458页。

土匪。作者曲波和他的战友当时就承担了这样的光荣任务，小说中的英雄人物杨子荣和高波的原型在剿匪战斗中英勇牺牲，为了纪念战友，让烈士的事迹永垂不朽，曲波用了一年半的业余时间，于1956年8月完成了这部富有传奇色彩的著作。

文学源于生活而高于生活。革命历史小说是非常典型的、源于生活而高于生活的文学作品，曾经参与过那段历史的作家急切地盼望着自己为之奋斗的革命事业能够被轰轰烈烈地表现出来。再现真实历史的创作原则和近距离的历史观察使得作家们的视野只能落在自己亲历的那块历史领地，他们所思所想的无法跳出真实、必然的樊篱。而认真阅读和研习《苦菜花》（冯德英）、《野火春风斗古城》（李英儒）、《保卫延安》（杜鹏程）、《林海雪原》（曲波）、《风云初记》（孙犁）等作品，人们可以由衷地感到，虽然这些作品受当时政治形势和思潮的影响具有观念先行的特点，但是，由于作家们亲历革命战争的历史经验使得他们拥有了无与伦比的丰厚的生活基础，加上特定历史年代所独有的那种淳朴的创作动机和鲜明的创作目的，以及作家们严谨的精益求精的写作态度，这些作品普遍都具有真实感人，以情动人的艺术效果。其中所蕴含的巨大的精神力量更是鼓舞和激励了不止一代人的宝贵财富。因此它们在时隔半个世纪之后仍然享有盛誉。直到今天，杨晓冬、杨子荣、周大勇等英雄形象仍然活跃在荧屏和广大人民群众的心中。

二、革命历史小说再现历史

再现历史是革命历史小说作家赋予自己作品的艰巨而伟大的历史使命。不可否认，在再现是非敌我的革命历史过程中，革命历史小说作家在主观感情上具有鲜明的政治倾向性。但是，作为优秀成功的文学艺术工作者，为了实现文学作品良好的艺术效果，革命历史小说作家在主观倾向明显的状态下是力求客观再现历史的。

回顾中国文学所走过的道路,中国现代文学自产生之初起就是一个注重社会意义的存在。新文化运动时期,它以“启蒙、救亡”为己任;第一次国共合作时期,它以文学艺术的形式向社会宣传马列主义、无产阶级思想;国共合作失败后的左联时期,它作为文化战线的主力,同国民党的文化围剿作坚贞不屈的斗争;抗日战争时期,它充分发挥文学的社会作用,号召四万万同胞起来赶走外国侵略者;解放战争时期,它起着宣传鼓动群众,振奋革命精神的作用,开创了“文学为工农兵服务”的新时代;建国后,文学依然承继着注重社会教化、宣传、载道的功用,革命历史小说就是这一时期典型的注重文学社会意义的文学样式。因此,革命历史小说作家的主要目的不是简单模拟再现历史现象本身,而是试图通过主观感情的宣泄和个案描写揭示无产阶级革命运动的必然规律。

《苦菜花》再现了抗日战争时期胶东半岛的昆仑山区的农民在共产党领导下奋起抗击的历史生活;《野火春风斗古城》讲述了抗日战争时期地下党深入敌后,团结群众,瓦解分化伪军,有力打击日寇的故事;《保卫延安》叙述的是解放战争中在西北战场上进行的那场具有历史转折意义的延安保卫战;《林海雪原》以传奇的笔法将解放战争初期东北地区剿匪斗争展现在广大读者面前;《风云初记》从“七七事变”展开故事,反映了冀中农民的觉醒进步和高涨的战斗热情。这些作品所表达的不是一种任意的主观感情,所描写的情节和内容也不是对外界事物的直接模拟或对理性概念的机械阐发,而是通过生动感人的文学形象和细致精确的文学语言来再现革命历史。因此,革命历史小说是建立在主观感情客观化的基础之上的一种严谨的文学创作。我们的这种判断首先可以通过对《保卫延安》的分析得到印证。

描写革命历史,战争是作家无法回避的主题。革命历史小说和新历史小说在自己的历史叙述中都涉及了中国近代以来的革命战争,而前者刻意以文学作为宣传的工具，传扬革命历史斗争中可歌可泣的光辉事迹，认为“在战争中，所有人们都不能不服从战争的要求；正是因为服从战争的要求，就把力量和精神发挥出来，而成为这样的战争所要求的这样各种各样的人物……都是战争精神的体现者，都是胜利的创造者。”①革命年代需要战斗精神，革命历史小说反映出，在残酷的战争时刻，必须打击敌人而不能去发现对方的优点而有损于自己的战斗力，如果欣赏敌人的优点就不可能打败敌人，结果只能导致自己的灭亡，在这种时候，生存欲望作为人的本能居于主导地位；“敌人”的概念使“人”从战士的心灵中消失，在你死我活的拼斗中，思索与判断都让位于本能的求生意识。虽然文学是在作者的丰富想象和大胆创作中产生的，但是，革命历史小说作家对历史题材的严谨态度使小说文本具有了历史学角度的严肃性，《保卫延安》就是这样的文学文本。

《保卫延安》堪称中国现当代文学作品中描写战争的典范。1947年5月初，国民党以数十万的兵力对延安发起猛烈进攻，人民解放军与敌人巧妙周旋，最终取得了西北战场具有决定意义的辉煌胜利。杜鹏程当时在战斗部队里工作，对部队生活、战士精神面貌以及战斗实况有最充分的体验和了解，这使得他能够把握当时的历史情境，在作品中较为真实的再现保卫延安的历史过程。作品生动地描写了保卫延安过程中的几个著名战役，重点描述了解放军基层指挥员周大勇为了掩护主力部队，率领少数兵力面对成千上万敌人所表现出来的临危不惧、视死如归的精神。作品所塑造的人物形象都是血肉丰满的英雄人物，像基层指挥员周大勇、战士王老虎、教导员李诚乃至李振德老人等形象都如实地传达了当时环境中这类人物的精神实质。

周大勇是在革命队伍里成长起来的，是能够代表战争年代某一类人的典型。他参军时还只是一个十三岁的孩子，是一个除了部队就没有家

① 冯雪峰：《论〈保卫延安〉》，北岳文艺出版社，2001年第1版，第8页。

的人。经历了长征和一次又一次的艰苦战斗,他逐渐锻炼成为具有钢筋铁骨和钢铁意志的共产党员,彻底接受了共产主义信念,时刻准备为信仰而战,准备为完成党所赋予的使命牺牲自己。他是一个连长,一个指挥员,同时也是一个战士。无论在怎样的强敌中冲锋陷阵都不会稍露怯色,无论受了怎样的重伤,即使陷于昏迷中也不会失去战斗的意志。通过作品中的描述,我们可以清楚地看到他生命运行的轨迹,由此也就能够判断出,他的形象绝不是一种简单的概念化描摹,而是当时英雄人物和广大战士的集中代表,是蕴涵着深刻时代意义的典型。他的成长经历和他思想、精神的成长有着内在的逻辑连贯性。作为再现性作品的主人公,他的事迹几乎可以还原到经历过烽火岁月的任何一个战斗英雄甚至普通战士的身上。

许多作家都梦想着通过战争所提供的史诗情境创作出不朽的传世之作。小说中的战争描写的确可以通过形象的描写展示出人类在自然界叱咤风云,充满主宰意识的宏大场面。“战争情况中的冲突提供最适宜的史诗情境,因为战争中整个民族都被动员起来,在集体情况中经历着一种新鲜的激情和活动。”①冯雪峰在评论《保卫延安》时就称其为“英雄史诗”,高度赞扬了作者在描写“人民革命战争的图画”方面所作的努力。再现性的创作特色使得《保卫延安》能够较为客观、全面地描绘出在战争中被动员起来的民众的激情和活力,同时,也使创作本身具有了某种纪实文学的风格。这部小说的整体框架由延安、蟠龙镇、沙家店等著名战役发生地的地理名称串联起来构成,在人民文学出版社1956年的版本中还配有战役地图,这些真实的物质存在使文学和历史的界限模糊起来,文学的虚构性在很大程度上被历史真实的存在所掩盖。“小说家只能把自己当作历史学家,把自己的叙事当作历史,除此之外,真难以想象他们还能把自己当作什么……

---

① 黑格尔著、朱光潜译:《美学》(一),商务印书馆1995年版,第126页。

为了使他的企图得到某种逻辑的支持，他必须叙述那些假定是真实的事件。"①而在作品出版的年代里，由于文学长时间以来被赋予的教育、教化任务已经被社会广泛认可，很多读者在阅读小说时并没有抱着消遣娱乐的态度，而是虔诚地想从文学作品中得到教育、感化和熏陶，以便获得精神动力，继续为社会建设贡献力量。

如果说《保卫延安》是关于解放战争的恢弘叙事，那么《野火春风斗古城》则从微观入手，讲述了抗日战争期间那些在远离战场的沦陷区与敌人斗智斗勇的地下工作者的革命经历。"战争以无情的巨手，将人类自身抛入一个生存与毁灭的严酷环境中，在人类求生本能和死亡本能的双重驱动下，人的本质力量的全部内涵往往会超极限发挥出使人类自身感到震颤、惊奇、景仰和敬畏的巨大能量。"②在寒风凛冽的冬日里，杨晓冬历尽艰难从外线转到内线，没有御寒的衣物，更没有藏身之所，初来乍到的他只能在城洞过夜，"他发现洞里两面通风，特别冷，便冒着刺骨的冷风，想找个背风的角落，可是一直走到另一边出口，也没有可以站脚的地方……他从梦中醒来，鼻孔酸痒，手脚冻得生痛，穿在他身上的似乎不是棉袍棉裤，而是冰凉梆硬的铠甲，寒气穿刺到每个毛孔。他搬起一块满带霜雪的石头，不停地举起又放下，直到精疲力竭的时候，生命的活力才被他呼唤回来。"气馁时，他用坚强的革命信念来鼓励和支持自己，"群众是干柴，共产党是烈火，干柴触烈火，就能在敌人心脏中燃烧起来……"③必须承认，在战争年代的特殊环境中，是革命热情和共产主义信念使他突破了生理极限，在极端严酷的自然环境中保持一种健康状态。除了物质条件的匮乏，杨晓冬和他所领导的那个地下工作小组还像同一时期许许多多的地下工作者

---

① 希利斯·米勒著、郭英剑译：《重申解构主义》，中国社会科学出版社 1998 年第 1 版，第 39 页。

② 丁帆 许志英：《中国新时期小说主潮》，人民文学出版社 2002 年第 1 版，第 881 页。

③ 李英儒：《野火春风斗古城》序，人民文学出版社，1962 年第 1 版，第 33 页。

一样，每天在敌人的眼皮底下进行着不屈不挠的斗争，坦然面对随时都会不期而至的厄运。在坚定信念的支持下，被捕、牺牲的恐惧被他们火热的革命热情战胜了，机警、勇敢、坚毅、果断以及非凡的吃苦耐劳精神使他们成为被读者仰慕与崇敬的伟大英雄。

三、革命历史小说中时代精神的历史痕迹

以政治为中心以及两极对立的思维模式是时代精神在革命历史小说中留下的深刻的历史痕迹。“每一个文学家其实都是政治家。艺术——不论是哪一个时代，不论是哪一个阶级，不论是哪一个派别的——都是意识形态得力的武器，他反映着现实，同时影响着现实。”①这种判断尤其适用于中国现当代文学。

中国白话小说自诞生之日起就以其工具性——启蒙救亡而有别于古今中外的任何一种文学形式。从1918年鲁迅先生那振聋发聩的《狂人日记》问世，到革命历史小说形成声势浩大的文学潮流，中国的小说始终因其工具性而背负着沉重的社会责任。五四时期的文学主流是启蒙救亡，大量小说通过感性的文学作品揭示社会问题，反对封建礼教对人的戕害，宣传科学民主，期望从精神思想上唤醒麻木不仁的国民，使千疮百孔的古老中国摆脱任人宰割的命运。二十年代的革命小说喧嚣一时，中国该何去何从的主题在作品中频频出现。马列主义思潮涌入，无政府主义亦风行，文学作品成为革命理想的宣传口，革命青年与文学青年、沸腾的山河与沸腾的文学齐头并进。三十年代的抗日救亡使中国文学界形成了空前团结、统一的声音，每个炎黄子孙都无法坐视亡国的危机而置身事外，文学界更是竭尽全力通过手中的

---

① 瞿秋白：《非政治主义》，《瞿秋白文集》（一），人民文学出版社1959年版，第398页。

笔来参与抗战。四十年代，在硝烟弥漫的现实状态下，毛泽东在延安文艺座谈会上正式谈到"文艺服从于政治"，自此，政治性作为文学工具性在这一历史时期的特殊表达正式走上历史舞台。由此，我们可以清楚地看到文学的工具性是伴随着中国白话小说的成长而发展变迁的。承继四十年代的创作文风，新中国成立后的文学主流——革命历史小说与政治的关系依然相伴相生，密不可分。

"政治并不等于艺术……但是任何阶级社会中任何阶级，总是以政治标准放在第一位，以艺术标准放在第二位的……我们的要求则是政治和艺术的统一，内容和形式的统一，革命的政治内容和尽可能完美的艺术形式的统一。"①革命历史小说是《讲话》精神的完美体现。大量的政治说教内容充斥在革命历史小说各个小说文本中，成为作品的有机组成部分，构成了这类小说鲜明的时代特色。如《苦菜花》中，放牛娃出身的姜永泉慷慨陈词："革命就是要流血的。……不怕流血牺牲才对得起死去的先烈，才能完成革命任务……革命的路虽长虽苦，可是最后的胜利一定是属于咱们的！"王东海庄严承诺："这不是为一个人，而是为抗战，为救全中国！老大爷，你别伤心，我们每个战士都是你的孩子。"面对保卫延安的艰苦生活，团政治委员李诚感慨："劳动人民屎一把尿一把，从贫苦生活里把自己的子女拉扯成人。战争来了，他们又把子女送到自己的军队里。为了他们养育了那些英雄的子女，中国人民世世代代都会感激他们的。"《风云初记》里的小姑娘春儿也能长篇大论地讲革命道理："八路军来了，给我们宣传讲解，我的心才安定下来，才觉得眼前有了活路。坚决抗日！我们老百姓动员起来，武装起来，我们成立农救会、妇救会，我们站岗放哨，破路拆城，我们学习认字，我们实行民主……打倒日本帝国主义！打倒汉奸投降

---

① 毛泽东：《在延安文艺座谈会上的讲话》，《毛泽东选集》（三），人民出版社 1991 年版，第 847 页。

派!”这些说教是当时文艺政策中文艺为政治服务的具体体现,同时也是对当时现实生活的一种真实再现。中国共产党所创造的战争神话——打败在数量和装备上远远超过自己的对手的历史真实,是在巨大的精神鼓舞下得以实现的。革命历史小说所展示的是经过浓缩的贫苦农民由麻木、觉醒、反抗到最后胜利的思想转变过程。它所描写的政治内容,既反映出在特定历史时期文学工具性的突出地位,又反映出在某种历史状态下农村觉醒者在革命历程中所走过的真实道路。无论是从写作年代看,还是从写作内容看,革命历史小说与政治的密切关系都有其合理性和必然性。

革命历史小说所塑造的一系列人物表明,政治思维的现实功利性通过文学作品的化解转变为了形象塑造的类型化、模式化和简单化。“谁是我们的朋友?谁是我们的敌人?这个问题是革命的首要问题。”①毛泽东在1925年提出并给出肯定答案的这个问题在中国历史上具有举足轻重的作用。作为一个现代的发问,它融入了五六十年代所有中国人思想的观念中,同时也成为被革命历史小说作家以文学艺术的形式予以全力图解的文艺思想的规范。

革命历史小说中没有复杂的心理活动和思想纠葛,在阅读过程中读者无须费力去判断真善美、假恶丑。因为作者在叙述时已经通过明白无误的语句或者某种具有感情色彩的语言给予了各个人物形象以不可更改的敌我定位。所以,在这类时代痕迹明显的小说中,情节是读者关注的重点。我们可以顺着故事情节的发展看到非此即彼,泾渭分明的两个阵营——不是朋友,就必定是敌人,绝对没有第三种选择。

《风云初记》中,我方的主要人物都是贫下中农,经济基础决定了他们的敌我阵营。积极参与农民暴动的高四海一家、地主家的长工芒

① 毛泽东:《中国社会各阶级的分析》,《毛泽东选集》(二),人民出版社1991年版,第3页。

种、老常、老温以及许多像春儿一样处于经济弱势地位的人们注定是与作者一样隶属于共产党阵营的朋友。而“种着三四顷好园子地，雇着四五个大小长工”的田大瞎子一家、游手好闲的老蒋、土匪高疤是因利益关系相互勾结的敌人，其外形特征与所作所为和我方截然不同，界限分明，绝没有混淆的可能。但是，作为一个特例，具有反叛意识的田大瞎子的媳妇李佩钟是需要多费笔墨阐明的一个人物。虽然在小说结尾时作者才以愧疚的态度表明她最终的立场，“不管她性格带着多少缺点，内心里带着多少伤痛——别人不容易理解的伤痛，她究竟是决绝地从双重封建家庭里走了出来，并在几个场合里，对她的公爹和亲生父亲，进行了针锋相对的斗争。这也是一种难能可贵，我们不应该求全责备。”①细心的读者在开篇时如果仔细阅读了就能为这个结局找到最好的伏笔。小说第 7 页写到长工们夜里聚在一起谈论东家的事情，当谈及少东家夫妇时，老常认为：少东家“虽说上的是大学，言谈行事，还不如他媳妇。一家子苦筋拔力，供给着这么个废物！”短短的几句话已经给这对夫妇以定性的介绍，使得敌我阵营的轮廓有所显现，并为后来故事的发展埋下了伏笔。

在《野火春风斗古城》里，金环、银环姐妹、杨老太太、韩家兄妹、梁队长都是杨晓冬的战友，作者笔下这些人个个都是充满光辉和正义的形象。而伪省长吴赞东、伪司令高大成以及特务蓝毛、范大昌是与我方不共戴天的对手，对他们的描写完全则由充满贬义色彩的词汇组成，如“面斗脑袋”、“大嘴岔”、“猴儿眼”、“麻脸”、“裂裂嘴”等。这里同样也有跨越两条战线的特殊人物出现。根据作者的描写，我们就能判断他日后的发展方向。在第三章第四小节，作者用无情的笔描绘了一幅伪军官们丑态百出的群像图，但其中有一个“身材魁梧而匀称的伪上校军官，他那服装朴素、娇小玲珑的妻子紧靠他坐着。”他就是后

① 孙犁：《风云初记》，人民文学出版社 1955 年第 2 版，第 364 页。

来成功起义投诚的关敬陶。另外,根据上级指示,杨晓冬最初依靠的内线力量是高家叔侄,但是后来出卖他的人正是富家子弟高自萍。而这种结果通过作者最初对高自萍的外形描写就能推断出来。在第三章,当高字萍最初出现时,作者用的文字都是饱含贬义色彩的,如描写他“有一对不断睒动的杏核般的小眼睛”、“发抖的身躯”、“伛偻的身子”、“冻红的小手”、“杏核小眼四下张望着”……仅仅由这些描写,熟悉五六十年代文学的读者就能判断出——这个人如果不是坏蛋就一定是叛徒!在剩余的二十一章里,顺着作者的描写,一个叛徒的叛变轨迹越来越清晰起来,在看到他产生质变的一刹那,读者会从内心里发出会心的微笑——我早就看出来他不是好人!

从思想理论上来看,毛泽东关于“谁是我们的朋友?谁是我们的敌人?”的论述在文学文本中得到充分的体现。敌我分明,爱憎分明是当时社会大众以及权威意识形态对文学创作的基本要求。这也是当时文学教化功能得以实现的一种潜移默化的方式。作者的价值判断与读者的价值判断随着小说故事情节的发展逐步趋向重合。所以,在注重文学社会教化功能的时代,读者每一次对小说文本的阅读都会成为一次高尚道德情操的熏陶,端正思想态度的教育。

革命历史小说中的其他作品在处理敌我关系时同《风云初记》、《野火春风斗古城》如出一辙。文学作品中敌我阵营的壁垒分明使阅读成为一目了然轻松愉快的事。大量附着在作品上的相近或相同的道德、价值观念等精神层面的因素由此通过感性形象潜移默化地融入阅读者本身的思想,久而久之,其高度良好的社会效果就不言而喻了。而从历史发展的角度来看,这种文学作品在体现文学艺术本质和价值的同时也在无形中承载了写作年代独有的时代精神内涵,为后人了解往事留下了深深的时代痕迹。

第三节　新历史小说:反思性的历史

相对于革命历史小说而言,新历史小说展示的是一种超越亲历的、反思性的历史。与革命历史小说作家不同,新历史小说作家大多是新中国成立之后出生并成长起来的,没有经历过血与火的革命生活,也没有体验过外侮侵略的精神压力,更没有感受过面对随时降临的死亡时本能抗争的紧张、恐惧、愤怒和绝望。但是,中国传统文化中文人视天下兴亡为己任的精神依然存在于他们的思想深处。因此,他们的作品虽然是站在局外观看过去历史年代的现象,但是他们所思考的核心问题仍然是关乎国计民生的大事。

一、新历史小说与反思的发生、发展

与革命历史年代作家的时代背景不同的是,在新历史小说的创作年代,伴随着社会政治经济发展所带来的宽松的创作环境,文学本身在艺术发展的道路上取得了长足的进步,呈现出艺术化、多样化、商品化以及娱乐性、趣味性的多种倾向。这使得作家们可以在良好的创作环境中,在趋于成熟的文学艺术方针的导引下,认真仔细地反思、品味、揣度过去年代无暇顾及的细枝末节和历史发展道路的其他可能性。所以,《丰乳肥臀》(莫言)、《白鹿原》(陈忠实)、《故乡天下黄花》(刘震云)、《活着》(余华)等新历史小说是当代人站在当代立场所描述的革命历史,注重的是展示精神层面的逻辑真实性而不是再现历史。因此,这些作品所展示的与其说是革命历史,不如说是反思历史的作家们精心表现的创作个体对革命历史的理解和认识。

新历史小说作家们在自身成长的过程中耳闻目睹了社会主义新

中国建国后的各种重大历史事件——文艺界始发于电影《武训传》的一系列政治性批判;“反右”风暴后举国上下为之疯狂的“大跃进”运动;史无前例、历时十年之久的“文化大革命”以及改革开放带来的当代文学的全面复苏。这些历史往事给予他们强烈的心灵震撼,使他们对既有的思想观念和传统文化充满了怀疑和不满。于是,他们在进行文学创作的同时,将审视的目光转向了深层次的思想领域,并以感性形象的方式表达出了自己对革命历史生活的独特见解和个性化的认识。

新历史小说的产生是历史发展的结果,是后现代思潮涌起的产物。史无前例的“文化大革命”首先使众多亲历者包括革命历史小说作家从狂热、执著、单纯的政治信仰中猛醒。随后,改革开放使西方思潮滚滚涌入,对中国社会造成全方位的冲击。价值观多样化,相对主义盛行成为这一时期的典型特征。“无庸讳言,人们经历了‘十年浩劫’变得更为清醒了,人们经历了十数年改革生活变得更为成熟了,他们比任何时候都更关注社会生活的进步,也比任何时候都更讲求个人生活的质量。”①这种社会时代观念的巨大变迁表现在文学领域中,首先是对近距离历史的批判——伤痕文学;然后是对历史之所以如此的思索——反思文学;其后是对既往历史的全面追问——寻根文学,并由此得出一种对中国文化、精神的内省和判断。结合西方思潮涌进的外因,八十年代后期的文学终于从“载道”的崇高位置跌落下来,开始关注当下社会的凡人小事——新写实小说,以零度感情介入市民生活,不再充当教化的圣人,既而,以怀疑、冷静的态度回顾历史,颠覆并解构革命历史——新历史小说。由此,红色经典所展示过的革命历史开始以全新的面貌出现在读者面前。

新历史小说是现代社会生活的特定产物。在新历史小说洪波涌

① 白烨:《‘后新时期小说’走向刍议》,《文艺争鸣》,1992年第6期,第5页。

起的潮流中，莫言的《丰乳肥臀》、陈忠实的《白鹿原》、刘震云的《故乡天下黄花》、余华的《活着》等作品作为新历史小说的经典作品迅速在文学领域开辟出一片广阔的天地。作为一代新人，莫言他们不像革命历史小说作家那样以真实的历史人物、历史事件为框架来构筑历史故事，而是以虚构的故事和人物来表现某种历史环境和历史条件下的人生百态。他们不想通过作品来证明革命胜利的必然性，也不想通过描述来歌颂和赞美什么。革命历史对他们来说只是一个写作背景材料，生活在那个背景中的人才是他们关注的焦点。他们极尽所能地展开想象的翅膀，力图描绘出历史中曾经存在的一种生活状态、精神状态。他们想剔除自延安文艺座谈会以来的文学创作中政治意识形态的影响，用纯文学的笔触描摹出活生生的历史场景。

余华的《活着》展示了一个富有家族在以革命历史为背景的社会时代中急剧衰败的过程。在革命历史小说中往往会成为压迫者、卖国者的大地主福贵在自己漫长的人生旅程中目睹了父母、妻子、儿女、女婿、外孙接踵死亡，体会了骨肉分离的刻骨伤痛、活着的艰辛和苦涩，而战火、饥荒更加重了他人生无常、福祸莫测的苍凉感。综观全文，那个特殊年代应有的革命意识、阶级意识被弥漫在字里行间的生存意识所替代。整部小说在破败的历史图景中再现了一种“存者且偷生，死者长已矣”的现代人生，在对“生”的韧性的描摹中展现了历史长河里芸芸众生的渺小、无助。

《丰乳肥臀》可以被看作是讲述家庭历史的小说。它所描写的内容历史跨度较长，从 1900 年直至 90 年代，其中抗日战争时期占有重大篇幅。同时，它也可以被看作是女性生存、奋斗、发展的历史。其中的女性代表上官鲁氏是充分体现“人性”、“人道主义精神”的传奇人物。她一生多灾多难，却凭着顽强的韧性坚强地活了下来。为了改变自己在上官家的地位和命运，她不惜向包括姑父在内的土匪、和尚、江湖郎中等七个男人“借种”；为了摆脱对她怨恨已久的婆婆，她挥舞闪耀着金属光泽的擀面杖打死了婆婆；为了见到牵挂的儿子，她抬手抽了马排长一个耳光子，强行打开关押国民党人犯的大门，致使十多人在混乱中丧生；她怜爱女儿上官来弟屡遭哑巴虐待，于是任由女儿与鸟儿韩私通，并在他们的“一阵接着一阵的狂叫声中”，“仓惶地关上大门，并在院子里敲打着一只破得不能再破的铁锅，借此掩盖他们的叫声”；她为了养育外孙鹦鹉韩和没有劳动能力的上官玉女，每天趁在磨房工作的时候吞吃豆子，回家后呕吐出来……

陈忠实的力作《白鹿原》一问世就不同凡响，其中所包含的丰富的生活内蕴和高超的艺术魅力使人不能不对它刮目相看。它以白鹿原上白、鹿两家三代人的生活历程为主线，勾勒了关中农人身上的文化精神和民族追求。作品中有大量篇幅涉及现代革命历史生活，但在陈忠实笔下，充斥革命历史小说的政治理念让位于儒家文化精神，统筹全文的是以朱先生为象征的中国传统文化。白嘉轩作为儒家文化的执著维护者展现了一种有别于革命历史小说中英雄人物的精神信仰。相对于其他新历史小说来说，《白鹿原》中政治内容的含量要略大一些。由许多大大小小的政治事件纠结、勾连起来的政治斗争为整个小说增添了浓墨重彩的一笔。从清朝改民国、民国到解放这几十年的时间里，白鹿原目睹了历史的风风雨雨：督府的课税引起“交农”事件；奉系军阀与国民革命军的你争我斗；国共双方的分裂与对抗。小说展示出纷乱争斗中的是非、善恶以及革命力量在艰难困苦中的发展使关中的这片土地变成一个充满动荡的旋涡，而在所有的纷争中扮演着重要角色的白鹿两家作为民族历史微缩的代表展示了那个年代普通百姓的命运和遭遇，揭示了历史变迁中传统文化在社会生活和社会心理方面所具有的绝对影响力。

二、解构历史与消解神圣

新时期的新观念给了新历史小说作家们新的创作思路。当解构主义成为一种社会思潮时,耳闻目睹和亲身经历的重大历史事件使他们对自己长期以来遵奉的政治信仰、生活观念、创作原则等都产生了怀疑。因此,以怀疑目光审视过去的历史现象成为必然。追求真理,还原历史原貌的欲望使一批作家将目光投向了革命历史,而伴随着他们成长的红色经典成为他们首先需要解剖、考察的对象。因此,新历史小说在创作过程中始终存在一个参照物——革命历史小说。新历史小说要做的最重要的一件事情就是对革命历史小说的全面颠覆。因而,当小说内容涉及当时不可避免的被卷入革命洪流的具体情节时,新历史小说体现出了消解神圣,解构既有历史观念的立场。

革命历史小说中的革命形象对于所从事的革命事业总是从蒙昧无知到幡然醒悟,继而坚定不移地奋斗终生。但是在新历史小说中,革命的轨迹充满了不可知的变数。例如,《白鹿原》中革命青年白灵和鹿兆海用抛铜元的方法决定革命方向,鹿兆海由铜元决定投身共产党组织,白灵则选择国民党作为自己奋斗的方向。但是后来,两人都未能自始至终地坚持自己的革命立场。鹿兆海最终为国民党的革命事业捐躯,成为国民党的烈士;白灵在成为一个坚定的共产党员并为之无私奉献之后成为左倾路线的牺牲者——被自己的革命同志活埋!

《丰乳肥臀》讲述的故事也充满了消解与解构的痕迹。小说中出现的那些具有政治身份和倾向的人物代表着所属政治集团的政治声音。但是,在革命历史小说中泾渭分明的政治色彩在这里被涂抹得杂错交揉、斑斓一片。本应严以律己,勇于牺牲的共产党革命战士孙不言虽然保持着战斗勇猛的战士本色,但是革命队伍没有能够改变他与生俱来的野蛮、强悍和自私。他强奸民女身份的疯子上官领弟(却没有被军法处置);在参加了抗美援朝战争之后,他以一个变态残疾人的暴行任意摧残着上官家的女性。同样,对顽强革命的共产党革命干部鲁大队长,作者也并没有给他涂抹一个神圣、灿烂的光环。相反,他的存在似乎只为了佐证共产党队伍的不完满性。小说描写了他所领导的队伍缺少组织纪律性,面对突袭的敌人时不堪一击;而他在革命的间歇中不忘本能欲望的宣泄,与驻地颇有姿色的村妇们贪欢偷情,并为一己私情枪毙了素有女人缘的俊美少年小马童,由此引发了部队战士的思想动摇和平民百姓(如马童的爷爷)的强烈不满和愤慨。

在《故乡天下黄花》中,八路军侦察员小冯因为国民党连长李晓武向自己说了几句"知己"话,又"亲自给他解绳子",于是毫不犹豫地将袭击日本人的军事计划和盘托出。接着,又告诉了村长孙布袋,并因此传遍了整个村落,甚至传到土匪路小秃的耳朵里,使本来属于军事机密的偷袭计划成为一个彻底公开的"秘密",加上指挥员孙屎根为升职盲目冒进,以及其他诸多由于缺乏组织纪律性造成的错误,终于使原本有限的革命力量遭受严重损失,并且直接引发了日本侵略者血洗村庄的惨剧。在革命历史小说里常常出现的"军爱民,民拥军"也被改换了内容。在村长许布袋眼里,不论是共产党还是国民党、日本汉奸和侵略者,都是需要自己用鞭子抽打村民缴纳粮食的祸患。共产党与革命历史小说中的英雄形象在这里被彻底消解,革命群众与革命者休戚与共的情感关系被拆解。

每一部革命历史小说的创作都包含着非常真实的个人情感,而每一部新历史小说的问世都是作家个人感情零度介入的理念展示。他们不再将是非判断的标准流露于笔下,敌友对立、阶级划分都被"人"的概念取代。几乎所有的革命历史小说作家在谈到创作动机时都表达过一种意向——让感动自己的革命历史故事传颂天下,而每个新历史小说作家在书写充满个性色彩的文学作品时努力张扬的却是对历史进行理性判断的精神。他们借助历史叙述的方式抒发着各不相同的历史意识和历史感慨。

三、新历史小说的逻辑真实性

相较于革命历史小说而言,新历史小说是距离革命历史比较遥远的文学作品。新历史小说作家是站在那段历史的远处回顾、观察、揣测当时情境。历史生活成为一种可以分析、判断、假想、臆测的文学素材。在这里,文学的真实是作家对世界、社会生活以及人自身理解和感悟的艺术传达。所以,新历史小说展示出来的历史场景显得丰富多样,错综复杂,似乎更接近历史原貌,可是仔细阅读、分析后就能发现,他们所讲述的故事里隐含着的仅仅是一种逻辑真实性,即,在逻辑推理上可以存在的一种真实性。也就是说,他们展示的是在革命历史小说所讲述的故事之外的一种可能存在的其他生存状态。

在革命历史小说中,阶级属性相对整齐划一,贫富对立悬殊使得阶级阵营立场鲜明。这是当时社会生活中真实存在的一种的基本状态。但是,"自然的丰富、复杂、奇特远远超出了人类以自身的理性逻辑思维的结构所能包容的。"①通过一些历史文献记载,我们知道革命历史所展示的这种革命状态并不能反映当时所有的历史生活内容。现实生活的经验告诉我们,面对那个年代的革命、战争、外侮、国难等复杂纷乱的社会现象,不同地域、阶层等诸多因素影响下的不同个体很难形成绝对统一的选择和判断。因此,革命历史小说所表现的政治色彩方面纯然一色是不能绝对化的。本着颠覆和解构革命历史小说的创作宗旨,新历史小说通过对此类不能绝对化的现象的艺术化处

---

① 郑敏:《结构——解构视角:语言 - 文化 - 评论》,清华大学出版社 1998 年第 1 版,第 6 页。

理、加工,赋予了中国革命历史以全新的,与革命历史小说截然不同的历史内涵。

在《丰乳肥臀》中,上官家的阶级成分因女婿们的背景各异而显得纷繁复杂,无法确定。国民党、共产党、土匪、汉奸、美国大兵等各种政治势力的代表戏剧性地会聚在一个铁匠家里。在针锋相对、你死我活的斗争中,这种建立在女人姻亲关系上的社会伦理关系不堪一击。这种现象在革命历史小说中是不存在的。虽然,一个家庭中有不同政治声音从逻辑上说是符合历史真实的,但是,逻辑真实并不能代表历史生活本身,像《丰乳肥臀》这样的逻辑真实尤其不能代表历史本身。莫言所描写的这样集中的政治交错只能说是一种符合逻辑真实的主观想象。这是一种符合文学情节需要的戏剧性虚构,或者可以说这种描写是具有寓言化倾向的抽象描写。

《丰乳肥臀》以上官家作为中国的象征,而以政治倾向、出身、经历不同的女婿们代表当时中国的各种政治势力,再附以写作年代不可或缺的关于女性和性的话题,同时,借助现代西方的创作手法和技巧,展示出一个全新的革命历史文学看台。其他新历史小说也同样,在表达一种逻辑真实的前提下,往往将整个故事置于某种历史背景之下,然后将自己所想表达的一种理念、思想作为粗线条的线索贯穿在小说情节之中。在《白鹿原》中也隐含着一种逻辑真实性,即在政治变化莫测的时代里,同属剥削阶级的白、鹿两个地主家庭里都分别出现了共产党和国民党的忠实信徒,从而表现出不同于革命历史小说的政治复杂性和多样性。而那些戏剧性的在“鏊子”里翻腾的革命斗争则充分体现了瞬息万变的政治风云,革命斗争的残酷无情以及人“性本恶”所能够达到的极致状态。《故乡天下黄花》中,地主、贫农在利益驱动下选择了自己的革命立场。但是,革命并不是作者想要表现的对象,权力才是他关注的焦点。历史背景在整个故事中除了充当了特殊的道具外没有其他任何重大含义。《活着》中,阶级成分本身成为变幻莫测的历史因素。福贵作为当时历史生活中确有的一类人的典型代表，丰富了革命历史文学的人物形象。

描写历史上的普通人，表达作者在当代生活中的个人思想，构筑一种文本的逻辑真实性，体现文学性与思想性的成功结合是新历史小说作家们的共同特点。新历史小说的作家肯定了“红色经典”对自己成长以至创作的重大影响，但是，理性思维的判断和历史发展的客观状况使他们拒绝相信当时革命历史生活的单纯色彩。他们普遍承认在当时年代这种创作的时代必然性和合理性，但是，新时期以来文学自身不断发展着的思想性、艺术性、娱乐性和商业性等等因素使得他们想努力使历史“更个性一点”（莫言如是说），更人性化一点。因此，在“红色经典”中已经被一再歌颂和赞扬的那种革命年代的主流现象被他们彻底抛开了，而当时非主流的各种个案存在则被他们当成主体存在进行了浓墨重彩的雕琢、刻画、描绘。经过一段时间的汇流之后，人们惊异地发现，新历史小说竟然在短短数年间创造了一种全新的革命历史，而附于其上的文学性和艺术性使其在无形中增加了历史真实的感觉。

第二章

具有时代特征的文学文本

第一节　革命历史小说：以文学艺术的形式演绎阶级概念

“在现在世界上，一切文化或文学艺术都是属于一定的阶级，属于一定的政治路线的。为艺术的艺术，和政治并行或相互独立的艺术，实际上是不存在的。无产阶级的文学艺术是无产阶级整个革命事业的一部分……”，①遵照毛泽东在延安文艺座谈会上的讲话精神，革命历史小说作家把创作本身当成是中国革命事业的一部分，并努力通过写作活动表达一种革命内蕴。因此，他们在塑造人物形象时总是用政治逻辑所伴随的核心标准进行生活、道德描写，根据阶级成分来决定人物品德的优劣，注重弘扬民族精神，表达政治热情。而在新历史小说中，作家淡化阶级性，重点揭示跨越阶级的各种被社会意识扭曲了的人性和没有理性力量控制的兽性。

---

① 毛泽东：《在延安文艺座谈会上的讲话》，《毛泽东选集》（三），人民出版社 1991 年版，第 847 页。

一、阶级阵营泾渭分明

“所谓阶级，就是这样一些集团，由于它们在一定的社会经济结构中所处的地位不同，其中一个集团能够占用另一个集团的劳动。”①也就是说，复杂的社会可以简单划分为两个截然对立的阵营——剥削阶级和被剥削阶级，压迫阶级和被压迫阶级。革命历史小说是充分展示、表现阶级对立的文学作品。

为了更好地诠释马列主义所定义的阶级的概念，革命历史小说作家们将视线集中到所有积极参与革命的阶级群体身上。或者说，革命历史小说将那些对革命无动于衷者抛在了视野之外。所以，革命历史小说一个突出的特点就是作品中没有置身于革命事业之外的人物。所有被纳入其中的人，都是带有一定政治倾向的阶级个体。就像毛泽东在《中国社会各阶级的分析》中所分析的那样，革命历史小说中“一切勾结帝国主义的军阀、官僚、买办阶级、大地主以及附属于他们的一部分反动知识界，是我们的敌人。工业无产阶级是我们革命的领导力量。一切半无产阶级、小资产阶级，是我们最接近的朋友。那动摇不定的中产阶级，其右翼可能是我们的敌人，其左翼可能是我们的朋友——但我们要时常提防他们，不要让他们扰乱了我们的阵线。”②因此，虽然每个小说都涉及众多的人物形象和形形色色的社会关系，但是，由于所有人物的所作所为完全符合各自的阶级立场，作者凭借敌人和朋友的概念可以非常自如地将错综复杂的社会关系分割得泾渭分明而一目了然。

---

① 列宁：《伟大的创举》，《列宁选集》（四），人民出版社 1972 年版，第 10 页。

② 毛泽东：《中国社会各阶级的分析》，《毛泽东选集》（二），人民出版社 1991 年版，第 3 页。

在阶级斗争的年代，战争文化中的二元对立思维使非此即彼成为自然现象，你死我活的现实生活状态，使每个人的阶级立场必须明确。在《风云初记》里，贫农、雇农出身的受压迫、受剥削的人们共同构成了我方阵营的革命力量。这些人原本习惯和顺从于阶级压迫的命运，无意改变祖祖辈辈所走过的道路。当革命的烽火传到他们身边，经过了现实革命的教育，他们很快认识到自己所承受的灾难都是源自阶级压迫和剥削的罪恶。为了改变世代受苦受累的生活局面，以革命的方式去争取本阶级的利益，他们很自然地、别无选择地站在共产党一方。滹沱河两岸的革命阵营在先行者高庆山、高翔归来迅速形成，并掀起了一个革命的高潮。他们全面联络和团结了广大被压迫的人群，使他们从思想意识和现实行动上加入到革命的行列。其中，秋分一家是贫农中觉醒意识浓厚，积极主动参与革命的。秋分、春儿两姐妹先后加入共产党，秋分的丈夫高庆山曾经是农民暴动的领袖，后来为躲避统治阶级的迫害背井离乡去寻找属于本阶级的组织——红军。日本开始侵略华北之后，他率领部队返回家乡，掀起了滹沱河两岸轰轰烈烈的抗日高潮。秋分的公公高四海也是共产党的忠实追随者。他曾经因为不堪压迫而奋起反抗，成为在当地很有威信的被压迫阶级利益的坚强维护者。他们这个家庭的革命历程是当时农村贫农家庭的代表。而相继参加革命的长工芒种、老常、老温等人则表现了我方阵营中另一支坚定的革命力量的形成过程。长工是农村社会被压迫阶级中受苦最深的群体，他们因为没有最基本的生产资料而成为被剥削得最彻底的阶层。为了生存，他们只能远离家人，到地主家里作最廉价的劳动力，终年在地主的土地上劳作，干最重的活，为地主创造了所有的财富，却吃不饱穿不暖，更换不来足够的物质养活家人。于是，他们只能年复一年的在地主家里耕作，既感受不到生活的乐趣，也看不到生活的希望。等待他们的只能“是长年吃不饱穿不暖的血汗生活，是到老来没有屋子也没有地，像一头衰老的牲口一样，叫人家扔出来的命运。”然而，革命改变了既有的秩序，使他们看到了改变命运的希望。于是，芒种、老温先后参加了抗日部队，老常当选为子午镇工会主任。由此，他们从社会最底层的受压迫者一跃变成了“和祖国一块儿经历这一段艰苦的、光荣的时期”的人民的战士。他们的转变深刻体现了贫苦人与共产党之间的血肉关系。

阶级斗争学说的盛行使阶级对立分化意识具有普遍的接受群体。“在阶级社会中，每一个人都在一定的阶级地位中生活，各种思想无不打上阶级的烙印。”①一个出生于剥削阶级家庭的人一定是剥削阶级，因为他具有“剥削阶级”的抽象本质，这是人们很容易从革命历史小说中总结出的一种历史判断。在《风云初记》中与我方相对立的阵营里，地主田大瞎子夫妇顽固不化，一心为了维护自己的剥削利益而抵制革命。他们那不学无术的儿子田耀武，整日里油头粉面，寻花问柳，最终为了压制被剥削者的反抗而投奔国民党，成为国民党的忠实走狗。土匪高疤虽然并非出身于剥削阶级家庭，但是他的土匪群体与剥削阶级一样剥削、欺压百姓。虽然他曾经投机革命，接受八路军的改编，参加了抗日革命。但是长期的奢侈的、剥削阶级的享乐惯性使他无法忍受革命纪律的约束，于是，他转而背叛革命，加入了为非作歹的国民党中央军，并积极破坏革命。在当地人眼里，“这叫什么，日本人刚刚放火杀人走了，他们就来绑票，这叫趁火打劫！还说什么筹划军饷！……专绑抗属，又图财害命，又破坏抗日，证明他心肝都黑了。”而他的妻子俗儿婚前就是以色相谋取物质利益的道德败坏者，后来跟高疤一起绑票，并且，为了从日本人和汉奸那里获得更大的利益，她卑鄙地带领特务炸开了防涝堤坝，致使大水成灾，房屋倒塌，庄稼淹没，使穷苦人的生活由于这人为的灾难而愈发艰难了。他的岳父老蒋则是村中游手好闲、见利忘义者。他们一家是敌方阵营里的中坚力量，始终是为了

① 毛泽东：《实践论》，《毛泽东选集》（一），人民出版社 1991 年版，第 283 页。

自身利益而见风使舵,投机革命。

同样,《苦菜花》、《野火春风斗古城》中阶级阵营同样是泾渭分明的。《苦菜花》中剥削阶级出身的人除了杏莉和她母亲,其他都是国民党、汪精卫政府的坚定的追随者,日本侵略者的忠实走狗。而杏莉只是出生在地主家中的长工的后代。她母亲则是失去了剥削资格的没落地主的女儿。被剥削阶级中,没有一个投降卖国的。唯一对日本人有过幻想的四大爷,在经历了一次残酷的扫荡之后也迅速觉悟了,贫苦大众呈现出高度统一的政治觉悟。《野火春风斗古城》中穷苦出身的人们自然地加入了我方革命阵营,而剥削者、压迫者则选择了敌方阵营。其中贫农出身的杨晓冬是为了民族利益坚决抗日的精英人物。他不畏艰险,深入敌后,为打击日伪统治,赶走侵略者而英勇战斗着。在杨晓冬的影响下,他的母亲也开始为革命积极奔走,最后为了儿子和革命事业英勇就义。金环、银环姐妹俩都是出身贫寒的优秀的共产党员。韩燕来、小燕兄妹俩是共产党员的后代。这对父母双亡兄妹在敌占区过着贫寒艰苦的生活,为了摆脱被压迫的阶级地位,他们继承父志,勇敢与鬼子、汉奸斗争。杨晓冬在寻找烈士老韩的后代时本来无法断定一个在敌占区生长的孩子有什么思想情绪,然而,根据阶级出身来判断,他坚信,“没关系!老韩同志教养出来的儿女,呼口气都是倾向革命的。”而与他们相对立的阵营里,卖国求荣的伪省长吴赞东、惯匪出身的伪治安军集团司令高大成以及其他形形色色的汉奸,如范大昌、蓝毛等,为了维护自己剥削地位,不惜出卖国家利益和民族利益,是出卖了自己灵魂的卖国贼。虽然小说中也有类似苗先生、小叶这样的中间人物,但是,他们这种小资产阶级在有意无意中也帮助了我方革命,如苗先生为杨晓冬提供住地,利用自己关系为他办理居住证,透露对我方有利的敌方信息等等,因此,他们也可以被划在我方的朋友阵营中。

“在以二元对立为基本文化方式的现代社会中,生活被空前的象征化了。每个个人都是一个符码，都是抽象理性的感性体现，他必须通过抽象的国家归属、民族归属、阶级归属等等外在理念来确认自己的主体性。"①由此我们看到，在革命历史小说中，剥削阶级与被剥削阶级之间的界限是泾渭分明的。在双方的阵营里有各自固定的人群。工人、农民为主体，知识分子和部分被争取过来的民族资产阶级共同构成我方强大的革命力量。军阀、官僚、买办阶级、大地主以及附属于他们的知识界、部分中产阶级和小资产阶级形成了与我方相对立的反动势力。阶级出身使对立的双方为维护本阶级的利益必然要做出非此即彼的选择。

二、阶级立场旗帜鲜明

"我们是站在无产阶级的和人民大众的立场。对于共产党员来说，也就是要站在党的立场，站在党性和党的政策的立场……对于敌人，对于日本帝国主义和一切人民的敌人，革命文艺工作者的任务是在暴露他们的残暴和欺骗，并指出他们必然要失败的趋势，鼓励抗日军民同心同德，坚决打倒他们。"②革命历史小说非常生动地体现了毛泽东在延安文艺座谈会讲话中所提倡的旗帜鲜明的无产阶级和人民大众的阶级立场。小说中的敌我对立、民族矛盾等纠葛都是在"阶级"而不是个人名义下发生、发展的。纷繁复杂的社会生活在阶级的涵盖下被简单处理，清晰的故事脉络和事件轮廓在阶级立场的导引下营造出一种 20 世纪五六十年代所独有的时代氛围。

"一切危害人民群众的黑暗势力必须暴露之，一切人民群众的革

---

① 李扬：《抗争宿命之路》，时代文艺出版社 1993 年版，第 258 页。

② 毛泽东：《在延安文艺座谈会上的讲话》，《毛泽东选集》（三），人民出版社 1991 年版，第 848 页。

命斗争必须歌颂之,这就是革命文艺家的基本任务。”①正是因为作家是抱着绝对歌颂和绝对暴露的写作目的,所以,革命历史小说中的主观倾向性非常明显,作者的阶级立场得到了充分体现。这一点首先表现在作家对敌方阵营的无情揭露和批判上。

在所有的革命历史小说中,与无产阶级和人民大众相对立的剥削阶级、资产阶级都是被着力抨击的对象。在革命历史小说文本中,富人就是邪恶、凶残的代名词。以《苦菜花》为例,其中的剥削阶级代表人物王唯一从外形上看,脑袋又圆又秃,眉毛几乎看不见,像个肉蛋子,大门牙被鸦片烟熏的发黄,脸上泛着油光;在品质上,因为家财万贯,他承袭了他父亲的职务,当了乡长,起初依仗各种自封司令、土匪势力横行乡里,无恶不作。“倚仗这些自封司令、各霸一方的土匪势力,当了土皇帝。平时父子横行乡里,什么恶事都能干出来,谁家的闺女长得俊或娶个有些姿色的媳妇,那就要像防山猫子咬小鸡一样防着他们。”为了敲诈王老太太儿子珍袖的打工钱,王唯一诬陷他是共产党,送到县里,迫使王老太太一家倾家荡产凑够钱送上去,但伤痕累累的珍袖回家不到五天就死了。而后,“珍袖媳妇又被王唯一抓去,糟蹋够了,卖到烟台窑子里去了。”王老太太因此“整天哭儿子想媳妇,一只眼睛也哭瞎了。”日本人入侵后,他迅速投靠,“按他自己的说法,日本人倒也很讲人情,生来命好该享福”。其卑劣无耻的剥削阶级本质由此可见一斑。

遵循阶级出身的论说,与王唯一同阶级阵营的其他人物也同样堕落,剥削阶级的身份使他们注定了要走上反共投敌的道路。作家站在无产阶级的立场,对王唯一之流的丑恶行径予以无情暴露。他儿子王竹由外及内都秉承了父辈的传统,长着三角眼、尖下巴,在光天化日之

① 毛泽东:《在延安文艺座谈会上的讲话》,《毛泽东选集》(三),人民出版社 1991 年版,第 848 页。

下强奸仁善怀有身孕的儿媳妇。遭仁善愤怒鞭笞之后,他们父子恼羞成怒,在一个漆黑的夜晚,残忍地将仁善一家三口全部杀害。日本侵华之后,他卑躬屈膝地当了为虎作伥的伪军中队长。他的女儿玉珍,一个未出阁的大姑娘,整天打扮得花枝招展招摇过市,不仅抽大烟,还公然与伪军郭麻子打情骂俏,甚至与他在家里同床共枕。郭麻子死后,她先打着"野鸡",后又跟了王竹手下的一个分队长孔江子。中国妇女的传统美德在她身上是绝对见不到踪影。他的堂弟、地主知识分子王柬芝,虽然从父辈起他们两家就因分家发生争执而导致感情淡漠了,但财主的出身使他同王唯一一样不能容忍穷人翻身得解放。他在大学期间就是国民党的骨干成员,"七七事变"后很快就和日本人建立了联系,进一步执行上峰的亲日剿共政策。王唯一被抗日民主政府枪决后,他伪装成进步人士,在王官庄潜伏了下来,冷酷对待结发妻子,与妓女在家里鬼混,最终甚至为了保守汉奸秘密而残忍地杀害自己的女儿杏莉。

综合来看,在革命历史小说作家笔下敌方的所有人物都一无是处,而我方的各色人物的各个方面则都得到了作家的充分肯定、歌颂和赞美。同样以《苦菜花》为例,其中的母亲"贤惠,心肠好,待人直,为人正派,肯帮助人","在村中一向是受尊重信赖的女人",为保守革命秘密,在敌人的酷刑面前坚贞不屈,视死如归;大名鼎鼎的于得海总是"穿着普通战士军装,非常和蔼",领着一帮"造反"的穷人活跃在昆仑山里,同地主恶霸和地方官僚斗争,替受苦人做主,是一个被人们像神话般传颂着的英雄人物;赵星梅活泼开朗,从工厂走向革命,坚强勇敢,立场坚定,为革命与爱人长年分离,一再推迟婚期,即使爱人牺牲的巨大打击也没有击垮她的信念,最终为保卫革命利益牺牲生命。

"对于统一战线中各种不同的同盟者,我们的态度应该是有联合,有批评,有各种不同的联合,有各种不同的批评。他们抗战,我们是赞成的，如果有成绩，我们也是赞扬的。”①革命历史小说对统一战线中的其他人物正是遵循这种原则进行描写和塑造的。《风云初记》中的李佩钟、《野火春风斗古城中》的苗先生、关敬陶就是不完全属于两大阶级阵营的那一小部分的代表。李佩钟是地主田大瞎子的儿媳妇，但是她“决绝地从双重的封建家庭里走了出来，并在几个场合里，对她的公爹和亲生的父亲，进行了针锋相对的斗争”，是一个从封建家庭走出来，经过革命实践，最终完全背离了本阶级立场的叛逆者。正如马克思和恩格斯在《共产党宣言》里所说的那样，“在阶级斗争接近决战的时期，统治阶级内部的、整个旧社会内部的瓦解过程，就达到非常强烈、非常尖锐的程度，甚至使得统治阶级中的一小部分人脱离统治阶级而归于革命的阶级，即掌握着未来的阶级。”②李佩钟是作为当时社会中那些脱离统治阶级而归于革命的那一类人的代表出现的，具有社会真实性和历史客观性。

苗先生在杨晓冬眼里的形象是，“脸皮薄得像灯花纸，虚荣心重得火车都拉不动；一局小棋的胜负，他会彻夜不眠；国家兴亡大事，他们可以无动于衷。”可是，置身事外的他在有意无意间对杨晓冬的革命事业给予了巨大的帮助，为他提供住处，办理相关证件，透漏伪军人物信息等等，是对革命有所贡献的“同盟军”。伪军官关敬陶一出场就显得与众不同，“在靠边的一个包厢里，坐着一个身材魁梧而匀称的伪上校军官，他那朴素、娇小玲珑的妻子紧靠他坐着。两人安安稳稳的，一声不响，在到场的伪军官群里，要算最守规矩的。”他虽然是伪军里的一员，但却与其他汉奸具有本质的不同。大学期间，日本发动“卢沟桥事变”，他的同学们纷纷投奔了共产党，而他因为不了解共产党想追随国

① 毛泽东：《在延安文艺座谈会上的讲话》，《毛泽东选集》（三），人民出版社 1991 年版，第 849 页。

② 马克思、恩格斯：《共产党宣言》，《马克思和恩格斯选集》（一），人民出版社 1972 年版，第 261 页。

民党中央军,但是逃跑速度惊人的国民党军队使他望尘莫及,抗日的幻想被打破,生活没有着落,出于无奈,为了生存他考取了伪军校,成为一名“打骂士兵少,喝兵血事也不多,不嫖不赌不娶姨太太”的伪军官。当他通过杨晓冬、金环等人对共产党有所认识和了解之后,共产党人的优秀品质、革命形势的日趋明朗和中国人的民族自尊使他毅然脱离了汉奸队伍,起义投诚,加入到如火如荼的抗日行列中。

三、阶级感情自然流露

革命历史小说中无不显示着鲜明的阶级烙印,革命历史小说作家承认自己的阶级属性,在作品中毫不讳饰自己的阶级感情,他们渴望用自己手中的笔再现本阶级革命事迹。这正如鲁迅先生所说的那样,“生在有阶级的社会里而要做超阶级的作家,生在战斗的时代而要离开战斗而独立,生在现在而要做给与将来的作品,这样的人,实在也是一个心造的幻影,在现实世界是没有的。要做这样的人,恰如用自己的手拔着头发,要离开地球一样,他离不开,焦躁着,然而并非有人摇了摇头,使他不敢拔了的缘故。”①革命历史小说中那些充满阶级感情的描述表明,革命历史小说的作家们同样无法超越社会、时代、阶级的樊篱。

革命历史小说中,阶级出身往往决定了人物的外部形貌和品德的优劣与否。凡是跟着共产党八路军的,男性个个浓眉大眼,气宇轩昂;女性个个秀丽端庄,英姿飒爽,而且都具备中国人的传统美德,勤劳勇敢,忠厚善良,坚守民族气节,遵循伦理道德。作者在描述时对这些人倾注了格外多的阶级感情。如冯德英在《苦菜花》中精心描绘了个别的家仇族恨是如何发展成为具有普遍意义的贫富对抗的阶级仇恨的,

---

① 鲁迅:《论“第三种人”》,《鲁迅全集》(四),人民文学出版社1981年版,第440页。

表现了阶级成分与政治立场同一化。《苦菜花》中的剥削阶级人物，如王唯一、王竹、王柬芝、宫少尼等个个卑琐猥亵、凶残贪婪、奸诈狡猾，没有民族自尊，同时道德沦丧，吃喝嫖赌抽，五毒俱全。他们除了凶残压榨贫苦百姓，就是卖身求荣，依附反动政府，充当汉奸走狗。甚至连相貌也总是丑陋猥琐，令人厌恶的。而被剥削阶级人物如母亲、娟子、姜永泉、于得海、星梅等都是在抗日斗争中成长起来的、坚定的革命者，为了保卫国家，为了不做亡国奴，为了穷苦人翻身得解放，同日本侵略者、国民党反动派进行血与火的斗争。他们以光辉的事迹体现了新社会缔造者的风采，在外形上，也总是男的英俊魁梧，女的秀美朴实，是完美的革命者形象。《野火春风斗古城》中，对金环的描写是，“年纪不过二十四五岁，面色微黄，身材纤瘦，两眼显得聪颖机警，但是隐藏着一股子泼辣和傲气。”小燕“十四五岁，体格玲珑，举止活泼，鸭蛋脸冻得绯红，微黄蓬松的头发结成两个发锥，眼神动中含笑，薄嘴唇微微翘起，像一朵刚开的喇叭花。”而描写对立阶级人物时，则使用了完全不同的手法。叛徒高自萍，身材瘦小“有一对不断眹动的杏核般的小眼睛”；惯匪出身的高大成，“身体高大粗壮，面斗脑袋，黑脸盘，鹰勾鼻子，大嘴岔，茶晶眼镜遮住右边那只大而瞎的眼睛”；日本侵略者多田首席顾问是“刀削脸”；特务蓝毛，“敦实个子裂裂嘴，猴儿眼”。

其他革命历史小说也同样对对立阶级人物进行丑化和暴露式的描写。人们通过作者的用词、语气和形象描摹就能非常准确地判断出人物的阶级成分、政治倾向、个人品德等的优劣。《林海雪原》里蝴蝶迷被说成女妖精，“脸像一穗带毛的干苞米，又长又黄，镶着满口的大金牙”，她七八岁时在家里就说一不二，随意打骂家里的老老小小；十三四岁已经大烟成瘾，是个杀人不眨眼的女魔头。许大马棒的长相也被描写得格外丑陋，“膀宽腰粗，满身黑毛，光秃头，扫帚眉，络腮胡子，大厚嘴唇”，是残酷虐杀百姓，积极投靠日本的汉奸、土匪。在《苦菜花》中，宫少尼是王柬芝的姑表弟，留着洋头，镶着金牙，满身风流，最后被王柬芝发展为特务。虽然身为教师，但却是个道貌岸然的家伙，总想欺负青春美貌的教师白芸，还一心想占有守空房的表嫂，甚至还企图随心玩弄漂亮的娟子。伪军孔江子，原本是个投机商人，只要有利可图，什么都干。“他很会见机行事，阿谀奉承更是老手在行”，见日本人不行了，就要“反正”；被察觉了，就彻底交代，没有丝毫的骨气和志气。

革命历史小说以阶级论出身，既而体现了政治方向和道德品质的一致性，而新历史小说通过社会地位、家庭背景、个人能力等综合因素来塑造一个人的完整形象。在革命历史小说中，好人不但具有正确的政治方向，而且秉承了几乎所有的中华传统美德，他们在进行英勇革命的同时还兼具了优秀的民族传统。最典型的是《野火春风斗古城》中韩燕来所表现出的那种道德品质。周伯伯被日本人撞伤住院，为筹集医疗费他忍痛去卖自己的车带，却被龟山的手下诬赖是偷窃的而被没收。后来，愤怒的他无意中闯到日本鬼子龟山家中，杀死他救下了险些被他奸污的中国姑娘，并在龟山的卧室里发现了两叠厚厚的伪钞，面对这巨大的财富他却犹豫了，“为了工作，为了生活，他是多么需要钱哪。可是果真把钱拿走了，有损于自己的品德，受害的姑娘又怎么看这个问题呢？”虽然钱对于他来说是那么重要，可是最后他还是放弃了这些金钱来保全自己的品德。而且，那个受侮辱的姑娘，虽然也很需要钱来维持生活，但是她也同样没有要这些钱，而是将它们撕得粉碎，并因此获得了韩燕来的敬重。在他们的观念中，以不正当的手段获取财物是不道德的行为，对自己的道德品质是重大的损害。而在新历史小说中，以不正当手段获取利益是司空见惯的事情，没有人会将此与道德品质联系到一起。反面人物固然不用说了，即使正面人物如《白鹿原》中的白嘉轩这样的德高望重者也频频使用不正当的手段来获取利益和维护利益。如，他以欺骗的手段谋取了鹿家的风水宝地；他种植毒品罂粟以获取可观的经济利润；他指使并精心策划让儿媳妇向兔娃借种以延续家中香火。他的这些行为在革命历史小说中都是正面人物所不齿的,但是,在新历史小说所提供的语境下,他所做的一切却丝毫没有影响他的族长身份地位和传统道德捍卫者的高大光辉形象。无论是在作品中,还是在作品外,他始终是众人心目中捍卫传统文化,品德高尚的好人。

"到目前为止的一切社会的历史都是阶级斗争的历史。"①马克思的阶级斗争学说和唯物史观是伴随着俄国的十月革命隆隆炮声于二十世纪初期正式传入中国的。从那以后,它在中国思想领域占据统治地位达近百年之久。纵观中国当代文学的发展历程,我们可以肯定地说,革命历史小说就是描述了作为革命依据、手段和途径的阶级斗争的典型的文学作品。它们通过文学叙述展示了阶级矛盾、民族矛盾,以及贫富、男女、正反等关系。因此,它们既可以被视为现实政治生活的浓缩,同时也是对历史上曾经有过,并且一度主宰了整个社会的两极对立思维模式的真实再现,是典型的阶级斗争哲学与政治伦理学的范本。

第二节 新历史小说:传统文化与现代观念的有机融合

新历史小说是传统文化和现代观念的有机融合,是时代造就的产物。20世纪八十年代中后期,中国当代文坛曾经掀起"寻根文学"的浪潮是文学领域内对中国传统文化优劣与否的一次清算。具体来说有两种基本倾向,一是"续根"派,认为中国传统文化是中华五千年文明的结晶,尤其是其中的儒家文化传统,对中国社会的发展起到了积

① 马克思 恩格斯:《共产党宣言》,《马克思和恩格斯选集》(一),人民出版社,1972年版,第250页。

极的促进作用;二是"断根"派,认为中国传统文化历经数千年已经腐朽落后,正因为如此,造成了现代中国落后挨打的被动状况。新历史小说是较"寻根文学"略晚发展起来的文学潮流,作为在同一时代崛起的作家,新历史小说作家不可避免地受到"续根"与"断根"观念的影响,加上西方解构主义的冲击,使他们形成了自己独有的传统文化观。

一、传统文化建构的生活框架

在新历史小说中,中国传统文化是中国人安身立命之本。无论作家对传统文化是持肯定的态度还是否定的态度,抑或两者兼而有之,但是有一点可以肯定,新历史小说中所有的故事情节无不是在以传统文化为基本思想构架的范围中展开的。

新历史小说是包含着丰富的中国传统文化内涵的一种文学现象。中国传统文化是儒、释、道合一的综合文化,是五千年以来华夏儿女共同筑就的精神长城,完全融入了中国人的思想和心灵,成为根植于中国人血肉和灵魂的无形存在,时时左右着人们的生活、命运。"治国安邦"的教诲,"仁义礼智信"修身、做人原则的熏陶,"男女有别、授受不亲"的性羞耻教导和制约,像一本无形的大书,"从一代代识字和不识字的父母亲友以及无所不在的社会群体中的人那里对下一代进行自然的传输和熏陶……"。① 在社会思潮发展变迁的新时代,本身浸染了传统文化的新历史小说的作家们开始重新思索中国大地上的过去和现在,开始反思和探求这种民族文化在近现代以来的中华民族生活中的影响、意义和价值。为此,他们首先突破理性传统的疆界,把从西方引入的潜意识、非理性、魔幻现实、性爱意识、死亡意识等现代方法和观念融入了自己的思想领域,既而通过融合后的思维去认识和理解

---

① 陈忠实:《白鹿原·创作漫谈》,《当代作家评论》,1993年第4期,第24页。

中国传统文化,并以各有侧重的表达创造了自己独特的认识中国传统文化的文学世界。

总体来说,《白鹿原》对传统文化是持着肯定的态度的。其中,以典型宗法家长代表白嘉轩作为传统文化的代言人,以关中大儒朱先生作为传统文化的活着的灵魂,通过对白鹿原上数十年动荡历史的描写,透视了关中农民身上凝聚着的属于中华民族独有的生存追求和文化精神,肯定了传统文化在国人生活中无形的规范作用。作者认为,由于传统文化深入民心而且根深蒂固,“从清末一直到 1949 年中华人民共和国建立,所有的重大事件都是这个民族不可逃避的必须要经历的一个历史过程”。① 因此在作品中,虽然有些质疑传统的描写(诸如面对性爱与节烈的矛盾冲突时的表现),但是通过传统文化的捍卫者白嘉轩这个高大形象的确立,整个小说表达了一种肯定传统文化的基本倾向。白嘉轩身上所具有的内省、自励、慎独、仁爱等高尚品质以及讲仁义,重人伦,尊礼法,行天命的行为,融会了中国传统文化的精义,缔造了一个大丈夫的沉着、内敛和坚强。他是白鹿原上传统文化的立法者和执行者,为白鹿原确立了源自传统的乡规、乡约。凡是违背的,不论是什么身份,即使是自己的亲生骨肉也不能宽宥,他驱逐女儿白灵和惩治儿子白孝文即是明证;凡是趋同的,即使是与自己势不两立、夙仇未了的也会被慷慨接纳,如真诚接纳了曾经打断了他挺直腰板的黑娃。他的身上充分体现了中国传统文化中的理性色彩。

自始至终,《白鹿原》都围绕着捍卫传统、背离传统、回归传统等线索展开情节。如,从白嘉轩的角度来看,他制定乡规乡约、培养卫道接班人白孝文;惩治堕落失道的白孝文、将违背道统的白灵驱逐出家门;镇压伤风败俗者田小娥不散的阴魂;隆重迎接忏悔者黑娃的诚心回归;虔诚凭吊白鹿原上“最好的一个先生”朱先生,所有这一切,无不表

---

① 陈忠实:《白鹿原 · 创作漫谈》,《当代作家评论》,1993 年第 4 期,第 21 页。

明传统文化在人们生活中无处不在的痕迹。此外，白孝文由族长（捍卫传统）——浪子（背离传统）——军人（回归传统）的发展轨迹和黑娃由绝对叛逆到诚心归顺，成为朱先生最好的弟子的故事情节，也都表明了传统文化在塑造精神人格方面的巨大力量。《活着》中，传统文化也无处不在。中国传统的人伦亲情帮助福贵平安度过倾家荡产的难关；三从四德、从一而终的妇德使福贵能够在落魄后拥有和睦的家庭生活；而男尊女卑的观念又曾经使福贵父子都曾经置妻子于不顾而长久地寻花问柳，流连于烟花女子之间。《丰乳肥臀》由男尊女卑导引了全部故事的发生，上官鲁氏为遵循传统中“不孝有三，无后为大”的祖训，竭尽全力地生孩子，期待通过生育男孩获取在家中的地位，由此引发了她疯狂借种的叛逆行径和因此而生的各种后续故事。而在《故乡天下黄花》中，人们对权力的极端向往无非是中国传统文化中“学而优则仕”的一种变通。

二、现代观念冲击下的传统道德

新时期以来，西方思潮如不可遏止的浪潮急遽涌入中国。当时正在成长的新历史小说作家们如饥似渴地接纳和吸收了其中的思想和观念，如，肯定男女平等；追求个性解放，人格独立；重视自我价值的实现；反对压抑人性，扼杀本能欲望等等。而中国传统文化重群性，舍个性；在社会关系中，讲究的是长幼有序，男尊女卑；在本能欲望方面，讲究的是“存天理，灭人欲”。作为具有鲜明时代特色的文学作品，新历史小说充分体现了20世纪八九十年代之交社会思想观念的丰富性和现代性，精心刻画了在现代观念冲击下的传统道德。

革命历史小说侈谈爱情，即使有，也只是革命友谊的升华，而正常的性爱则作为邪恶、下流的同义词被模糊或另类处理了。而《白鹿原》、《丰乳肥臀》中不仅没有回避爱情和夫妻人伦之爱，而且有大量的、赤裸裸的性爱描写。因为在现代观念中,人的本能欲望是正常的、健康的,满足本能欲望是符合人性、人道主义的。《白鹿原》中开篇的第一句话就充满了有悖于传统文化的现代色彩——白嘉轩后来引以为豪壮的是一生里娶过七房女人。紧接着,作者以一种传统理性的态度,娓娓叙述了白嘉轩与七个女人之间的性经历。经过这样的富有传奇性和现代性的叙述,为塑造白嘉轩不同凡响的卫道形象奠定了心理基础。作者在谈到书中的性爱描写时谈到,“作家必须摆脱对性的神秘感羞怯感以及那种因不健全心理所产生的偷窥眼光,用一种理性的健全的心理来解析和叙述作品人物的性形态性文化心理和性心理结构……”。① 因此,书中对于性爱采取的是一种毫不回避的态度,对于每个重要人物的塑造都以性爱作为重要的形象因素之一予以充分描写。尤其在蔑视礼法、违背妇德的典型田小娥身上,作者表现出了在传统与现代之间的艰难选择。“我在那些密密麻麻书写着节妇烈女的名字与现代西方性解放说之间无法逃避,自然陷入一种人的性的合理性思考。我把这种思考已经诉诸形象,我想读者是会理会的……”。②

田小娥是集中体现了传统文化与现代观念冲突的人物形象。她出场的身份是清末武举人郭老爷的小妾,具体来说又可以细分为三项,一是郭举人夫妻的贴身保姆,负责夫妇二人的饮食起居,包括晚上端尿盆;早上倒尿水;二是郭家的女佣,负责家中的一日三餐、日常家务,包括为家中的长工端茶送饭;三是郭举人泄欲的工具,这是她到郭家来的根本理由,但是在郭太太的严格控制下,只有每月逢一的三天,郭举人才能在郭太太的“观摩”下临幸于她,由此又给她派生出了一个附加项目——“壮阳器具”,即每日夜里在郭太太监视下塞三个干枣到身体里,翌日洗净让郭举人空腹吃下,以达到壮阳健身的目的。从现

① 陈忠实:《白鹿原 · 创作漫谈》,《当代作家评论》,1993 年第 4 期,第 24 页。
② 同上。

代观念来看,她所遭受是非人的待遇,不被尊重,没有关爱,本能欲望长期处于压抑状态,丝毫没有人权可言,是郭举人家一个活着的"器物"。而从中国传统文化的角度来说,女人既嫁从夫,不能违背妻尊妾卑的封建秩序,更不能要求生理欲望的满足。恪守妇道的她,也只能默默忍受这种非人的待遇,唯一表达反抗的方法是偷偷将枣掏出来用自己的尿泡胀了交差,此外别无他法。即使是自己的娘家人,也不能给予她任何帮助。她的父亲是死读书、读死书的秀才,封建传统思想根深蒂固,丝毫没有考虑过女儿作为一个人的需要,只为了物质利益便将青春貌美的她嫁给了年过花甲的郭举人为妾。当女儿因为追求自己的幸福而被逐出郭家之后,要面子的他气得病倒在炕上。他没有想到女儿的苦衷,而是"托亲告友,要尽快尽早把这个丢脸丧德的女子打发出门,像用锨铲除拉在庭院里的一泡狗屎一样急切"。

田小娥在书中是一个勇于反抗的女性。她反抗的力量来自长工黑娃给予她的爱情和尊重,从而使她从生理和心理上都获得了做人,尤其是做女人的快乐。她体会到了男女平等的轻松,个人人格独立的价值以及生理欲望宣泄的快乐,为此,她感到非常满足,由衷地对黑娃说:"兄弟,我明日或是后日死了,也不记惦啥啥了!"可是封建传统的巨大势力是容不得她享受幸福的。虽然,她诚心想和黑娃过一种自耕自织,贫寒但幸福融洽的农家生活,但是,来自社会各界的压力使他们的幸福小家迅速解体了。首先是来自黑娃父亲鹿三的家庭阻挠,其次是族长白嘉轩的否定,而后是周围民众众口一词的反面舆论。她被看成是伤风败俗的婊子孤立起来,尤其在黑娃外出之后,她在孤立状态下又成为一些道貌岸然者凌辱的对象。乡约鹿子霖、族长白孝文以及其他一些鸡鸣狗盗之徒,都相继染指于她。最后,她被自己心目中的公公鹿三杀死,成为飘荡异乡的孤魂野鬼。即使如此,她仍然不放弃反抗。她以特殊的方式(瘟疫)报复那些曾经以纲常礼教的名义排斥、惩罚过她的人们,使他们自觉自愿地到自己生前住过的那个破窑洞门前焚香、磕头,“荒草野蒿中现出一片香火世界,万千枝紫香清烟升腾,密集的蜡烛的火光在夕阳里闪耀,一堆堆黄表纸钱燃起的火焰骤起骤灭,男人女人跪伏在蓬蒿中磕头作揖,走掉一批又拥来一批,川流不息”。虽然她最终还是被白嘉轩和朱先生两个传统文化的捍卫者镇压到了六棱砖塔下,但是那香火世界的繁盛一时证明她追求个性解放的努力终究得到了社会的肯定。

在封建礼教的三纲五常下,女人永远处在最底层,倘若没有现代反抗意识产生,她们中的大多数只能日复一日的在缺少尊重和关爱的状况下过着灰色的生活。《白鹿原》中白嘉轩的大儿媳妇就是因为缺少反抗意识被堕落后的白孝文遗弃的。她饱受来自心灵和肉体的痛苦,以至于早早离开了年幼的孩子,悲惨凄凉地死去了。鹿家的大媳妇(冷家的女儿)也是一个在传统文化压制下饱受煎熬和摧残,直至精神崩溃而死亡的典型。而导致这所有一切不幸的正是书中另一位与大儒朱先生同样受人尊敬的、以治病救人为宗旨的她的父亲冷先生。

在《丰乳肥臀》、《活着》、《故乡天下黄花》中,对于现代观念与传统道德的冲突也有大量的描写。如,关于尊老爱幼、长幼有序的传统观念就受到现代观念的巨大冲击。《丰乳肥臀》中上官婆媳、母女、姊妹间的尖锐冲突都表现了这一点。尤其是上官鲁氏与婆婆上官吕氏之间的关系,充分展示了个性解放、人格独立与封建伦理秩序之间的冲突。《活着》中,福贵对父亲和岳父的态度,也表明注重个人生命体验和实现个人价值的现代意识使传统伦理道德观念彻底被颠覆了。

三、传统与现代组合出的复杂形象

革命历史小说中的人物是体现群性的,各类人物的性格、思想发展变化总有规律可循,而且有比较统一的发展轨迹。新历史小说则不然,作为传统文化与现代观念的融合,新历史小说在人物形象塑造上较革命历史小说丰富、复杂，而且个性化色彩非常浓厚，创造出了许多富有生活气息，性格鲜明突出，心理变化复杂多样的个性人物。

中国传统的伦理秩序讲究的是长幼有序，男女有别。而男主外，女主内是亘古不变的生活原则。正如革命历史小说所表现的那样，不论是冯大娘一家的革命豪情，还是杨晓冬母子的浓浓亲情，都体现了中国传统文化中所遵奉的伦理秩序。然而，在新历史小说中，这种秩序被消解了。《丰乳肥臀》的上官家就是一个颠覆既有伦理秩序的典范。小说中的婆婆上官吕氏是一个具有女权倾向的异化女性，她的强悍与上官福禄、上官寿喜的纤弱成为鲜明对比。传统的夫权、父权在上官家里被彻底颠覆了，上官吕氏是家中统领着一切的家长。她赤膊打铁，任意教训丈夫和儿子，严厉管教儿媳妇，女人该做和不该做的她都做了，但她身上绝对没有女人应有的温柔和善良。在她的强悍管制下，她的丈夫和儿子完全失去了男人应有的刚强、责任感和事业心。这反过来也促使上官吕氏不得不更加努力地向异化的方向发展。"上官吕氏，一见白亮的铁就像大烟鬼刚过足烟瘾一样，精神抖擞，脸发红，眼发亮"，"在她抡大锤时，农人们的目光多半盯着她胸前那对奶子，它们上窜下跳，片刻不得安宁"。生活的重担使她抛弃了女人应遵循的形象原则，长时间的男性化体力劳作使她已经忘记了性别的存在。

1939年的端午节，在日本侵略者入侵高密东北乡的时候，高大肥胖的上官吕氏仍镇静地率领全家认真面对难产的黑驴，同时兼顾难产的儿媳妇上官鲁氏。她具有非常清醒的传统女性意识，坚信"没有儿子，你一辈子都是奴；有了儿子，你立马就是主。"初次生产的黑驴引发了她的感慨："豁出来吧，咱们做女子的，都脱不了这一难！""忍着点吧，谁让咱做了女的呢？"女人在社会生活中的低下地位以及由自身生理原因造成的男女间的事实上的不平等使她向往着真正的男人的世界，"只要看到铁与火，就血热"，是一个完全被异化了的女人。在外部形态上，她以全中国唯一“光脊梁抡大锤的老娘们”著称，统领着家中体弱单薄的丈夫和儿子；在精神思想上，她至死都没有改变男尊女卑和血脉相传的封建观念。

长期的受制于女人之手使上官父子的男性职能完全退化了。他们缺乏起码的社会交际能力，只能在家里被领导着生活。儿子上官寿喜甚至失去了生育能力，是一个只会对弱者施暴的废物。上官福禄作为妻子上官吕氏直接的、最近的压迫者，在儿子面前没有丝毫权威可言。一脉相承的懦弱、懒惰、无赖使他们父子经常像难兄难弟一样被上官吕氏追打。同样的恃强凌弱的劣根性又使他们经常像哼哈二将一样欺侮比他们还没有家庭地位的上官鲁氏。中国男性的权威和尊严在他们身上荡然无存，畸变的痕迹渗透到了他们的心灵深处。

上官鲁氏也是具有复杂性格的人物形象。观其一生，可以说她是因为传宗接代的传统观念而变成现代性解放的先头兵的。她原本是上官家最下层的被压迫者，由于没有能够生育，她在家庭中的地位每况愈下，遭受了全家上下无数的折磨和凌辱。这时的她对传统文化中女人负责传宗接代的观念非常认同，因此对自己不能为上官家生育而陷入了深深的痛苦自责中。而后，经历了姑母策划下的第一次借种成功后，她明白了问题的症结根本不在自己，于是开始为女人的境遇感叹，并由此开始了一系列大胆的借种行动。如果说最初的借种是一种被动接受，那么，随后的几次借种就是一种具有主动性的追求自我独立人格的过程。等到她接连生了七个女儿后，在她陷入了更加悲惨的生活境地后，她彻底改变了为上官家传宗接代的初衷，开始寻求真正的灵与肉的结合，其结果就是她生下上官金童这个典型的杂种（金发碧眼白皮肤）。而这时的她也仿佛经历了炼狱的折磨而对女人本身产生了一种思想和精神上的新的认识，成为追求自我价值的实现，富有强烈的反抗意识的女性。而她的身上承载的与其说是现代的自我意识不如说是作家本人对那个时代女性寄予的同情和关怀。客观地来说,她的行为、思想虽然具有先进可取的一面,但是不可否认这个形象是绝对与当时时代相背离的。

上官家的女婿沙月亮也是一个性格发展变化很大的人物。受传统文化中爱国主义和民族主义的影响,虽然是土匪的身份,可是他在日本人入侵时坚决、积极地组成黑驴鸟枪队,与进犯的日本侵略者进行了激烈的、血与火的战斗。随后,在个人主义、物质功利主义的驱动下,他又戏剧性地转而投靠了日本人,成为汉奸队伍中炙手可热的人物。他这个人物是传统爱国思想与现代功利主义的矛盾组合,但是在物质功利中又暗含着中国传统文化中重视功名利禄的思想内涵。渤海城警备司令,这个名号对于一个致力于功名的人来说是不小的诱惑。他还拥有三百多人和自己的美式吉普车,这种物质上的充沛给他带来了社会一定范围内的认可和尊重,极大地满足了他的精神需求。因此,他对劝降的共产党人嗤之以鼻,并对他们以自己尚在襁褓里的女儿为人质非常不满,于是,他坚定地回答道:“老子愿抗日就抗日,愿降日就降日,谁能管得着?”而在革命历史小说《苦菜花》中,同样是土匪出身的柳八爷从土匪到共产党员的发展变化却表现出了简单、单纯、不可逆的轨迹,由将信将疑地观察——油然而生敬意——心悦诚服地接受——彻底抛弃土匪习气(挥泪枪毙强奸民女的爱将)——英勇投身于革命事业,各个环节层次递进,清晰地表现出了柳八爷由思想、行为上迷茫、无知,逐步发展成为意志坚定的共产主义战士的脉络轨迹。

新历史小说中还有很多性格、思想、行为脱离传统思维逻辑轨道的复杂形象,如《白鹿原》中的白嘉轩是封建礼教的坚强捍卫者,但是他却为了儿子孝义的传宗接代的大事违背纲常,导演了借种的丑剧。他的三媳妇作为生育工具在他和太婆的精心安排下通过诱骗兔娃获取了赖以生存于白家的种子。黑娃本是充满叛逆,极端注重个性发展的独立个体,最终却主动接受了儒家传统文化樊篱的束缚,成为以群性抹杀个性的典范。《活着》中，福贵由传统道德、文化的坚强叛逆变成了对生活逆来顺受的苦行者；在《故乡天下黄花》中，许布袋本身是游手好闲之徒，但他却在艰难时刻成为整个马村集体利益的坚决捍卫者。

第三节　文学作品与具有时代气息的价值观念

由于社会时代的原因，革命历史小说作家在创作过程中自觉承担了教育民众这项光荣而神圣的任务。他们相信文学应当具有“文以载道”的性质，甘愿承担“文学为政治服务”的重任，注重文学的工具性和服务性。回首中国当代文学所走过的历程，我们可以充分肯定，革命历史小说所建构的价值观念曾经教育和培养了不止一代人。在红色经典浪涌般的冲击国人心灵的岁月中，忠诚、奉献的高尚精神和建设美好家园的崇高理想为中国大地培养了最狂热但却是最真诚的政治信仰。新历史小说是一种对革命历史生活以及革命历史本身的理性反思。虽然同革命历史小说一样涉及中国革命的历史生活，但是新历史小说作家们不再沿用革命历史小说中的外在冲突表现人物形象深邃的灵魂搏斗。他们将视线转向了个人的命运和人本身极其丰富的内心世界，着力表现人的精神主体的无比丰富性和伟大力量。而且，他们没有关注革命历史本身，没有刻意描绘处于革命之中的阶级的人，而是将重点定位于生命个体的“人”本身，挖掘战争中敌我双方作为个体人的不同之处；描摹人类在生存与毁灭的严酷环境中的种种表现；表现人求生本能的巨大力量；站在超阶级的观点上，站在人类的高度来看待革命历史；探索人性与反人性问题；从人类学的角度理解战争状态下人的生存方式。

一、革命历史小说塑造光辉的共产党人形象

新历史小说中的共产党员形象是灰色的，党员的称号也只是人物形象的一种身份代码，而革命历史小说却不然。在革命历史小说中，我们能够充分感受到共产党员的光辉和伟岸。共产党员是来自工农大众的佼佼者，具有非凡的勇气和崇高的品质。他们诚恳坦白，团结群众，是人民群众的贴心人；他们吃苦在前，享受在后，一心为老百姓谋福利；他们忍辱负重，任劳任怨，"先天下之忧而忧，后天下之乐而乐"，是道德高尚的共产主义战士。而在作家的创作期待中，共产党员不仅仅是一个参与政治组织的成员，同时也是高尚、圣洁、伟大、光荣的代名词。他们是时刻将人民利益放在首位的战斗者；他们是甘心为人类的解放事业奉献牺牲的殉道者。因此，在革命历史小说所建构的价值观念中，共产党员的称号是光荣而神圣的，而这种光荣与神圣是以党员个体的高尚思想和行为作为基础和前提的。

杨晓冬在白色恐怖中建立组织，与形形色色的人斗智斗勇，最终完成了策反的大业；杨子荣孤身一人潜入匪巢，以惊人的勇气和智慧应对敌人的考验，最终配合小分队彻底剿灭了凶残狡猾的土匪；姜涌泉以卑微的牛倌身份进行革命活动，最终使沉寂、保守的乡民们纷纷觉醒，走上了自觉反抗的道路……他们的光辉事迹表明，共产党员必须是"一不怕苦，二不怕死"，能够在任何艰难困苦的条件下开展革命工作的。同时，通过一个个鲜活的形象和事例，革命历史小说作家们为社会树立起了共产党员的高大形象，从而使这些勇敢无畏的共产党人的非凡经历在潜移默化中促成了一种观念的形成——是"一不怕苦，二不怕死"的精神品质造就了共产党员的机智勇敢与冷静沉着。例如，在特务搜查的紧急时刻，在可能暴露身份失去自由乃至生命的情况下，杨晓冬为了保护首长，挺身而出，从容镇定地面对老牌特务蓝

毛。他仔细观察,严谨对答,最后终于以自己的合法身份迫使蓝毛退让,既保证了首长们的安全,又使自己全身而退。杨子荣所肩负的重任使他从一开始就踏上了一条充满艰辛和坎坷的道路。在茫茫林海雪原中独自行进,不仅要应付各种凶猛的动物,更要提防凶残狡诈的土匪。在独闯威虎山之前,他首先遇到了一只大个的东北虎,这还是他第一次看到活老虎,“这突来的惊恐,使他气喘不安,心怦怦地乱跳,手中的枪也随着他的心有些颤抖。”但是他很快冷静下来,勇敢地与那凶残的老虎搏斗,在老虎直立两腿,张开血盆大口,狂吼着扑向自己的一瞬间,他的枪弹通过老虎的口腔穿了过去。尚未从紧张中恢复,他又遇到了威虎山的土匪。这时,他发觉自己由于紧张而紧握的双手出了两把冷汗。于是,他极力让自己的肌肉松弛下来,同时不断告诫自己:“快镇静下来,斗争转瞬间就要开始了!”经过一番机智的对答,他终于获得了土匪们的信任,开始了进一步深入虎穴的惊险行动。而在他完成任务的过程中,像这样一波未平,一波又起的事情屡有发生,他总能依靠共产党员“一不怕苦,二不怕死”的精神支撑自己,度过各种难关。他的光荣形象就在这险象环生中不断丰满、壮大起来。

共产党员也是严以责己、宽以待人、毫不利己专门利人的典范。无论是在革命年代,还是在红色经典时代,这都是一个合格的党员必须具备的基本素质。《野火春风斗古城》中,为了让受伤的周伯伯好好养伤,也为了韩家兄妹能够过个好年,共产党员银环毅然在年关前典当了自己的毛衣。周伯伯激动得热泪盈眶,“他想:这样有身份的姑娘,像亲人一样给自己看伤治病打绷带,还拿出钱来给自己买药,她贪图我这个孤老头子什么呢?什么道理使得她数九寒天把自己的衣裳都变卖了给人雪里送炭呢?没有旁的原因,她必然是共产党。在这个世界上,除了共产党就不容易找出这样好心肠的人来。”《保卫延安》中,与大部队失散的战士在周大勇的带领下继续作战、行军,跨入了陕甘宁边区后,精神上的懈怠以及长时间以来积累的疲惫、饥饿、伤痛使战士们松了心劲。有的说："连长，饿啊，我半步也走不动了……"有的说："连长！你看这伤口……我知道，我不能和大伙就伴了……"周大勇同样疲惫不堪，"觉得两条腿有千百斤沉，里边有万千条小虫钻动"，但是，他毅然对伤员六娃说："六娃，我来背你！"六娃坚决拒绝了，于是，周大勇就把他的所有的东西都背在自己身上，尽管这种状态下"带一根针也有八十斤重！"因为这时，他的脚已经像塞在开水里，又烧又痛，不但肿得吓人，而且长满了血泡，脚后跟的裂口里钻进很多沙子。但是作为一个优秀的共产党员，他时刻不忘记帮助同志，正是他那种发自内心的关心同志的真诚使他超越了生理的极限，从而形成了一种巨大的精神力量，支撑着他们继续前进。《林海雪原》中的共产党员身上也同样洋溢着这种革命精神。小分队在剿匪过程中冻伤了脚，卫生员白茹先给受伤最严重的孙达得治疗，同时兼顾指导其他人及时疗伤。忙活到夜里四点，她还没有时间为自己的脚治疗。当少剑波问及她的伤情，她说："不要紧！我的脚虽然也有些痛，但比同志们还是轻……"为了给换岗的战士们治疗，她"一直忙了一夜，当她实在困得几乎捧着战士们的脚睡了时，她便走到外面，用刺骨的白雪朝脸上搓两把……"。

共产党员具有传统人文品质，是"威武不能屈，贫贱不能移，富贵不能淫"的坚强战士。金环带着年幼的女儿生存在危机重重的地下交通线上，将自己的生死置之度外，一切都以革命利益为先。不幸被捕后，她经受了严刑拷打，饱受摧残和折磨，但是，她没有向敌人吐露任何信息。面对鬼子和汉奸们的物质利诱，她同样不为所动。对她别有企图的多田为她准备了高等服装名贵首饰，还想安排她去新民会工作，效力于"皇军"。她机智应对，借机除去了汉奸李歪鼻，保护了地下党的策反对象关敬陶团长。最终，她决定与敌人同归于尽，不幸的是她付出了生命的代价，而想刺杀的日本鬼子头目多田只是受伤但不致死。同样的，当杨晓冬被叛徒出卖而被捕后，也充分体现了"富贵不能淫,威武不能屈”的优秀品质。与金环所面对的形势不同的是,他不仅遭受了生理上的摧残,而且还经历心灵上的拷问。敌人以他那白发苍苍的老母亲为武器来打击他的灵魂。当他看到母亲的侧影,他的心乱了,“再也没有支撑身躯的力量。他将全身扑在他所凭依的窗台上。”特务们扬言只要交出地下工作者的名单,他的母亲不但可以免去受刑,还可以马上释放,他们母子可以团聚,可以得到金钱物质上的高度享受。面对苍老疲惫的母亲,他的心碎了。然而他坚定地对母亲说:“妈啊!在这个当次,咱娘儿俩要挺得住!还有,咱写出每一个字来都有千斤的分量,这些,你老人家一定都很明白!”老太太则深情地对儿子说:“我养你这样的儿子觉得露脸。我不后悔,也绝不连累你。”杨老太太飞跑几步,跨过平台的栏杆,低头猛扎,从三楼跳了下去……

受时代思潮影响,革命历史小说作家认为自己的作品“要为工农兵服务、为社会主义革命与社会主义建设服务,要选择对今天有教育意义的内容,要使作品里洋溢着合乎时代精神的思想感情。所谓时代精神与合乎时代精神的思想感情,用当前的话来解释,就是在伟大领袖毛主席正确路线指导下出现的大公无私的集体主义精神,就是把方便给人、把困难归己,见困难就上、见荣誉就让的优秀品质……”①作家们通过再现历史场景肯定革命的正确性,讴歌革命、英雄,推崇传统道德,使当代社会生活与传统文化紧密结合,创造了具有震撼人心、催人奋进的精神力量。在革命历史小说中,共产党员的形象是最合乎时代精神的典范。

二、革命历史小说展示英雄风采

中国传统文化中具有重英雄的思想倾向。英雄这个概念在传统

---

① 李英儒:《〈野火春风斗古城〉序》,人民文学出版社1962年第1版,第6页。

文化中的理解是才能勇武过人的人，而在当代中国，是特指那种不怕困难，不顾自己，为人民利益而英勇斗争，令人钦敬的人。① 无论是作品所描写的那个时代还是作品写作的时代，革命英雄都是传奇式地被广为传颂的人物，是人们景仰的对象，他们为人们导引了一种价值取向。在新历史小说中，虽然各种人物都经历了多灾多难的战争岁月，感受到了战火的无情和残酷，但是并没有出现通常所说的“乱世出英雄”，各种情节描写展示出的是整个时代的英雄匮乏和残缺。这与革命历史小说大相径庭，革命历史小说塑造了众多的英雄形象，而其中的英雄被人景仰和推崇的主要原因是他们都具有利他、献身的伟大精神。在革命历史小说中，英雄是一种理念的化身，是社会生活中的楷模。

革命历史小说告诉人们，英雄是完美无瑕的。他们在理性驱使下将感性行动转化为一种由坚强意志支配的精神力量。强调道德自律，注重突出个体的人格价值，具有强烈的道德责任感与历史使命感，是他们这个特殊群体的普遍性特征。

革命历史小说创作于建国初期，那时，全国仍然沉浸在战争余音中，整个社会对英雄主义推崇备至，战时的英雄壮举为全社会树立了行为楷模的判断标准。作为表现生活，反映生活的艺术形式，革命历史小说塑造了一系列的英雄形象：打入敌人内部的地下英雄、浑身是胆的侦察英雄、英勇不屈的战斗英雄、大义凛然的抗日英雄、老当益壮的老英雄、不让须眉的女英雄、机灵勇敢的小英雄……这些光辉高大的英雄为了革命理想抛头颅，洒热血，是群体和阶级利益的忠实维护者、奉献者和牺牲者，他们的英雄事迹和光辉形象牢牢印在广大读者的心中，使得崇拜英雄、学习英雄、甘当英雄的英雄主义成为兴盛一时的社会思潮并形成一种巨大的精神力量，导引着整个社会生活的精神

---

① 《现代汉语词典》，商务印书馆，1996 年第 3 版，第 1508 页。

追求方向,促进了社会建设的快速发展。

在革命历史小说中,革命英雄是近乎完美的圣人。虽然每个英雄得以成为英雄的具体行为各不相同,但是,他们都具有同样的为人民利益无私奉献乃至牺牲的高尚情操。这使得人们在对英雄的欣赏和缅怀中形成了对"英雄"大致相同的判断标准,并最终确立了一种价值取向以规范社会行为。具体来说,于得海、杨子荣、金环、星梅等英雄人物虽然是出现在不同小说、不同革命环境中的不同人物,可是,他们的英雄形象不论是在作品中还是作品之外同样是高大完满的。

于得海在小说中是被百姓口口相传的,像传统文化所推崇的那种勇武过人的英雄。"说他能两手同时开枪,百发百中,会飞檐走壁,多少人也围困不住他;说他身有一丈高,枪弹不入,长着大红胡子,眼睛像夜明珠一样亮,和古书上的武将一模一样……",而革命生活中的他,"同地主恶霸和官僚斗争,替受苦人作主。……穿着普通战士的军装,非常和蔼……"面对意欲挑战于己的土匪首领的柳八爷,他不焦不躁,沉着应对,以高超的技艺和真诚的态度折服了柳八爷和那些骄横、骁勇的土匪,并最终将他们整编为一支英勇善战、纪律严明的抗战分队;对待自己幼年失母的独生儿子,他给予的爱是严峻的爱,使儿子"时刻感受自己是杀敌的战士,不是父亲跟前的娃娃……他格外得到的,只有比别人更严格的要求,更危险艰巨的任务"。从造反的"红胡子"到抗日英雄于团长、于司令员,他把全部的精力都投入到了为穷苦人谋求利益和幸福的革命工作中,并由此获得了父老乡亲的信任和爱戴,成为一个被广泛传颂的神话般的英雄。英勇善战,勇于奉献,平易近人,严以律己是他成为英雄的基本要素,而利他的、为民众出生入死的精神和信念则是他成为英雄的最根本的原因。

毋庸置疑,对所有的人来说,生命都是可贵的,而更为可贵的是甘愿随时将生命奉献给革命事业的英雄人物。在革命历史小说中,英雄都是无所畏惧的。对他们来说,慷慨付出自己的珍爱和所有是很平常的事情,因为在他们心里,革命理想的意义要远远超越生存的意义。这是常人无法做到的,也是在新历史小说中很难寻觅到的一种精神境界,唯其如此,才更能够显出那个特定时代里革命英雄形象的格外伟大。作为一个具有生活原型的英雄形象,杨子荣这个英雄身上就体现了这一点。同时,他在革命现实中的不幸牺牲为他所代表的那种英雄气概增添了一份源于主观感情的神圣色彩。

杨子荣是一个根据生活真实塑造的充满传奇色彩的英雄的形象。他是剿匪小分队中一名优秀的侦察员,为了侦察敌情,使小分队尽快剿灭危害百姓的国民党土匪,他独自一人离开小分队,在林海雪原中风餐露宿,勇敢地搏杀猛虎,既而又深入虎穴与土匪斗智斗勇,以超人的智慧和胆量"盛布酒肉兵"、"舌战小炉匠",最终使小分队得以智取威虎山,活捉座山雕,赢得了剿匪战斗的又一次伟大胜利。杨子荣这个"智勇双全、浑身是胆"的英雄形象也因此成为当代文学中一个不可磨灭的光辉形象。造就他的英雄形象的因素,除了智慧、勇敢、坚韧不拔、临危不惧等优秀品质,最重要的还是他"为人民事业生死不怕,对付敌人就一定神通广大"(杨子荣的生活原型生前讲述擒拿座山雕的过程时所说的话)的这种英雄气概。① 这种将生死置之度外的动力来自为革命理想奉献一切。杨子荣的生活原型在最后的剿匪战斗中光荣牺牲,而他的光辉事迹则永远地留在了中国革命史册上。

作为引领一个时代文学潮流的经典之作,革命历史小说为我们展现了一个庞大的革命英雄形象体系,几乎每一部革命历史小说都是一部忠实记录和再现革命英雄光辉事迹的历史文本。《保卫延安》成功地塑造了周大勇、王老虎、李诚、卫毅、李振德等人民英雄的形象;《林海雪原》的少剑波、杨子荣、栾超家、孙达得、刘勋苍等人是具有草莽气息的传奇英雄;《野火春风斗古城》中的杨晓冬、金环、银环、韩燕来兄

---

① 曲波:《〈林海雪原〉后记》,人民文学出版社 1964 年第 3 版,第 581 页。

妹等是特殊工作环境中的地下英雄;《苦菜花》中的于得海、纪铁功、星梅、姜永泉、娟子以及母亲都是响应党的号召,崛起于平凡岗位并为党的事业奋斗不息的英雄人物。革命英雄们拥有坚定的政治信念,高尚的道德情操,过人的智慧和胆识,以及为广大民众奉献牺牲的博大襟怀。他们以实际行动造就了自己的英名。他们的英雄品质通过感人肺腑的事迹积淀为英雄的概念,成为社会中一致认同的道德准则。而新历史小说创作于20世纪八九十年代的和平时期,战时的英雄人物和英雄行为已经成为尘封的历史往事。人们在精神上已经和英雄主义产生了较为遥远的距离,而现实社会中高科技的广泛应用使"勇武过人"的英雄失去了用武之地。整个社会出现了英雄缺席的状态,社会群体则表现出漠视英雄的态度。英雄几乎已经退出了社会生活的需要,成为遥远的神话。作为时代生活的记录者和反映者,新历史小说将这种精神状态融入到作品中,因此,新历史小说中很少有英雄出现,而其中为数不多几个"准英雄"之所以被人称颂,其理由已经与革命历史小说中的大相径庭,往往是由其豪放、勇敢、坦荡而引发的,人们更看重他们的传奇性和神秘性。这种现象较为真实的体现了从革命历史小说到新历史小说的发展历程中整个社会在英雄观方面的变化。

三、两种不同的人生价值观

革命历史小说通过故事叙述告诫人们,人生在世必须追求生命的价值和意义才能获得生活的真谛。在革命历史小说中,评判人生的价值尺度是传统文化与现代革命生活的结合,是否具有舍生取义、舍己为人、助人为乐、先人后己、鞠躬尽瘁、坚贞不屈等优秀品质是衡量一个人的生命价值的标准。对于革命历史小说作家来说,生命是重要的,但是,更重要的是附着在生命之上的价值和意义。一个高尚的人,尤其是一个共产党人,必须能够为国家、集体和他人的利益牺牲一切,甚至包括宝贵的生命,这样,他的生命价值才能够得到体现,他的生存才有意义。新历史小说作家在作品中基本上不去叙说具有政治意义的重大历史事件,所以作品的视野转向了历史生活中细枝末节的家庭生活和市井生活场景,主要体现了人们对生命、对劳作、对生存价值的认识和理解,其中对生命的关注是革命历史小说中常常忽略的。在新历史小说中,生存是第一位的,个人在无损他人利益的前提下完全有权利为个人生存发展创造最有利的条件。生命属于人只有一次,不能轻易为某种后天的政治意识和思想原则而牺牲,也不能仅仅为了所谓的道德模式而放弃。因此,当生存的现实与革命理想发生冲突时,人们首先选择保全生命。这与革命历史小说所倡导的截然不同,也与中国传统文化中所宣扬的舍生取义之道背道而驰,完全否定了传统观念中所张扬的舍己为人的、利他性的社会价值。

在革命历史小说中,参加革命,保家卫国是值得自豪和骄傲的事情。因为,革命是穷苦人自己的事业,每个有志于人类崇高事业的人都不可能,也不应该身在战争动乱年代却置身事外无动于衷。革命历史小说通过鲜活的革命事例描写将这种观念深深地植根于社会生活的土壤中。比如《苦菜花》中的四大爷,他原本是恪守传统封建道德,消极对待革命的落后典型。在王官庄公审地主王唯一的大会上,由于被本家媳妇(母亲)当众顶撞,四大爷感到恼火,面上无光,决心在日本人入侵时和母亲唱唱反调,不随大家逃难,坚持守在家里,看看日本人能把自己这种无家业、无势力的贫苦人怎样。结果,身怀六甲的媳妇被奸污致死,儿子被抓壮丁,自己也惨遭毒打。被八路军解救回来的儿子面对带着腹中胎儿惨死的妻子,发出了誓报此仇的呐喊。四大爷亲身感受了侵略者的惨无人道之后终于明白了革命的必要性。他的转变表现在思想上是“逢人便说八路军的好处”;表现在行动上,则是积极鼓励自己唯一的儿子参军,第一次因为是独子没有被批准,他很不满意,后来经过努力终于参加了区中队。无数抗战时期的中国农民就是在这种境况下走上抗日道路的。尖锐的民族矛盾使备受折磨的中国人别无选择的走上了革命这条保家卫国的道路。

在《丰乳肥臀》中,关于革命时期的生活在作品中占有很长的篇幅,可是,作者的本意不在于表现革命本身,而是刻意表现了上官鲁氏一家在革命年代生存的历史。上官鲁氏在作品中表现出了对生存的执着追求。她对女儿来弟说:"死容易,活难,越难越要活,越不怕死越要挣扎着活。"她一生都在为活着挣扎,为更好地活努力,为所爱的人好好地活奋斗。为了在上官家活得轻松些,远远躲开因不生育导致的咒骂和毒打,她毅然抛弃妇道,开始了勇敢的借种行动;为了感受人间挚爱的情感,她认真地和瑞典籍牧师马洛亚相恋,并生下了别人一眼就能看出是异种的金童和玉女;为了度过饥荒,让家人都能活下去,她忍住心痛卖掉了自己的骨肉……尤其在日本入侵,国难当头时,她因产后失血过多而休克,入侵的日本人杀死了她的丈夫、公公以及助产的村民,却救了她和孪生的金童、玉女。醒来后,她"麻木地看着满院的尸首",没有哀痛,没有仇恨,有的只是一种生存下去的强烈信念。于是,她"砸开"婆婆的箱子,摸出鸡蛋、红枣、冰糖、老山参,煮了和女儿们一起吃。对于她来说,生存始终是第一位的,国恨、家仇是虚无的;主义、思想是飘渺的,惟有活着,才是真实的。

这种思想贯穿全书。司马亭为了活命当了日本人的伪会长;在兵荒马乱粮食紧缺的年代,斜眼花跟在村里驻过的每个财粮副官都有过皮肉之情;孤单一人求生存的沙枣花为了活得好拜师偷窃;上官求弟为得到饱肚的馒头舍弃了贞操……

舍生取义是中国传统文化中积极倡导的一种人生价值取向,在革命历史小说中这种价值取向被进一步肯定。不同之处在于,它被赋予了所处时代新内容,并由此演绎为——个人的存在是为了大多数人更好的存在;为了阶级和民族的利益,个人可以牺牲一切,包括宝贵的生命;人生价值观是民族利益高于集体利益,集体利益高于个人利益。这是充斥红色经典的一种价值观念,是革命历史小说所弘扬的时代主旋律。《苦菜花》中,王东海和战士们在敌人的重重包围中为救出群众舍生忘死;纪铁功为保护弹药仓库用血肉之躯压住爆炸的手雷;星梅、兰子、德顺、杏莉等人面对凶残的日本侵略者视死如归,为了捍卫革命利益甘愿牺牲生命……《保卫延安》里的普通农民李振德老人被敌人逼迫着带路,为了不泄露八路军的行踪,他毅然抱起孙子跳下了绝崖深沟;八路军指战员王老虎、卫刚、李诚、周大勇等为了解放战争的胜利,临危不惧,视死如归,几乎每个人都经历了不止一次的生死考验……《野火春风斗古城》中,金环被捕后经受住了敌人严刑拷打和威逼利诱的考验,最终英勇就义……他们面对死亡无所畏惧,毫不退却,因为他们追求的是一种至高无上的精神价值。他们所做的一切都是为了实现自己的共产主义信仰,是为信念奋斗,为信念牺牲。他们的生命价值因为生命的逝去而光彩熠熠。被赋予了新的含义和内容的“舍生取义”的价值取向渗透在他们光辉、伟大的事迹中,在社会广泛一致的肯定、赞许、推崇过程中潜移默化地成为被广泛传播的社会价值观念。

坚贞不屈是革命历史小说积极颂扬的优秀品质,它使人的自为生命散发出耀眼夺目的光芒。《苦菜花》中的母亲在鬼子大扫荡时不幸被捕,敌人为了搜出革命干部和八路军的兵工厂机器,对母亲进行了严刑拷打,甚至用四寸长的钢针扎母亲的乳房和手指,但母亲抱着“豁上一颗头”的信念,决心保卫“兵工厂”,保卫我们杀鬼子的本钱。惨无人道的敌人为了使母亲屈服,抓来了她最小的女儿嫚子,一个五岁的天真孩子,“母亲眼看着孩子的小指一个个被折断了!”“孩子被倒挂在梁上,一碗碗辣椒水向她嘴里灌进去,又从鼻孔里流出来”“孩子死过去,活过来,又死过去……”,“她要救孩子;她要保工厂。她要屈服——赶快饶了孩子吧!不,不能!她要发疯!她紧咬着牙关发颤……”母亲最疼爱儿女，所以就更热爱革命，因为母亲知道只有革命，只有保护住杀鬼子的本钱“兵工厂”，才能使千百万的孩子免于鬼子的残杀，才能使更多的人得到解放。母亲抚摸着渐渐冷却的嫚子的身体，悲愤地说：“孩子，闭上眼睛吧，妈就陪你一块去。有你姐，你哥，有共产党，八路军，替咱娘俩报仇！”母亲视死如归的态度正是千百年来文学作品、民间传说中所颂扬的一种精神，也是五六十年代革命历史文学作品中大力宣传的主旋律。《苦菜花》中的德顺、星梅、兰子，《野火春风斗古城》中的金环、杨老太太，同样也都是具有这种坚贞不屈精神品格的典型形象。

在新历史小说中，一个人生存价值的体现就在于活着本身。因为新历史小说作家本身的经历具有属于自己时代的特征，他们亲历了新中国建国后的历次政治运动，耳闻目睹了高度政治化的社会生活的发展变迁。大跃进、三年自然灾害、文化大革命、粉碎“四人帮”、改革开放……这些丰富的社会经历成为他们创作的无穷资源，同时，也为他们的反思奠定了坚实的基础。而且，社会背景的改变使创作本身产生了巨大变化，束缚写作的各种框架或被剔除，或被修整，宽松、自由的文学环境、生存环境使作家们视野开阔，思想新锐，于是，创作置疑革命历史、关爱人本身的作品一时间成为当代文坛蔚为大观的文学现象。

《活着》是描述生的韧性的感人作品，“讲述了人是为了活着本身而活着的，而不是为了活着之外的任何事物而活着。”①其中关于革命历史的章节在书中篇幅并不是很大，八年抗战在书中作为生活背景一笔带过——“最风光的那次是小日本投降后，国军准备进城收复失地。”随后关于解放战争的描写也只是全书的一小部分，但是作家对这一阶段生活的描写却体现出了绝对的、生存至上的思想观念。这是完

---

① 余华：《活着》，韩文版《自序》，上海文艺出版社 2004 年第 1 版，第 5 页。

全有别于革命历史小说的。

当国民党十几万人被包围后，粮食和弹药全靠空投，为了生存，包括福贵在内的黄皮大兵们在求生存本能的驱使下上演着一幕幕戏剧。"飞机在上面一出现，下面的国军就跟蚂蚁似的密密麻麻地拥来拥去，扔下的一箱箱弹药没人要，全都往一袋袋大米上扑。飞机一走，抢到大米的国军兄弟两个人提一袋，旁边的人端着枪，保护他们"，可以想象，这时如果有人抢米，抢人赖以生存的粮食，即使是同一战壕里的兄弟，也有可能为了生存而发生内耗性的杀戮。随着包围时间的延长，人们表现出更多的求生本能。为煮饭，士兵们拆房、割草、刨树根，后来甚至发展到了掘墓取木的地步，"空地上全都是扛着房梁、树木和抱着木板、凳子的大兵"，阵地上到处冒着一条条煮米饭的炊烟，在空中扭来扭去，呈现出一副在战争中求生存的荒诞画面。后来，飞机上开始投大饼，"大饼一落地，弟兄们像牲畜一样扑上去乱抢，叠得一层又一层，跟我娘纳出的鞋底一样，他们嗷嗷乱叫着和野狼没什么两样"。福贵等人为了避免被撞昏或受伤，开始在抢大饼的时候扒别人的胶鞋当作燃料做饭，他们"边煮着米饭，边看着那些光脚在冬天里一走一跳的人，嘿嘿笑个不停"。作为同一阵营里的战友，他们却毫不留情地剥夺了对方仅有的生存资料，并对被剥夺者报以毫无愧色的讥笑。在生存第一的观念导引下，他们的发自动物本能的这种行为在新历史小说中是合情合理的。

在新历史小说中，每个人都从微观角度看待人生和社会，没有人将自己看成是能够影响全局的、重要的人物。他们只希望在自己短暂的一生中能够趋利避害，更多地体验快乐、幸福和安逸，尽可能地满足自己的物质需求，使自己的生命得到完满的人生体验。《丰乳肥臀》中，经历战乱饥荒的上官鲁氏没有想过为革命牺牲或者奉献。她是革命的看客，所做的一切都是为了生存和更好的生存，所以，她为生存背井离乡，而且卖掉了自己的亲生女儿。面对卷入战争烽火的、跟随司马库衣锦还乡的招弟,她说:“你要真有孝心,就给我囤下几担谷子吧,我是饿怕了。”生存的意义和价值对她来说就在于活着。余华在谈到福贵的生活时就认为,“在旁人眼中,福贵的一生是苦熬的一生,可是对于福贵自己,我相信他更多地感受到了幸福”。他的幸福就因为别人死了而他还活着,他得到了别人无法比拟的生存价值。而在革命历史小说中,一个人生存价值的最大体现是奉献和牺牲,这种价值观成为一种人生信念支持着人们的社会行为。这种奉献和牺牲的前提是他们从宏观角度审视全局,既而给自己一个较高的社会定位,认为自己的言行会对全局产生至关重要的影响作用,如《保卫延安》中的李振德为保守军事秘密,抱着孙子舍身跳下高崖,因为他认为倘若自己将部队的去向告诉了敌人就会使革命队伍遭受致命打击;《野火春风斗古城》中的金环和杨老太太也是为了顾全大局而舍弃生命,她们相信自己牺牲会使党的革命事业得到保障,会使许多自己关心和爱护的同志在安全的环境下继续伟大的革命事业;《苦菜花》中的母亲、星梅在面临生与死的考验时同样选择了后者,她们期待着自己的牺牲能为艰难的革命事业和其他受压迫的人民带来光明的希望。

四、神圣爱情与生理欲望的冲突

爱是人生不可或缺的精神需求,爱情是文学永恒不变的表现主题。虽然在战争年代人们往往由于生存和安全需求得不到保障而将恋爱作为精神奢侈品抛到一边,如《保卫延安》中,爱情作为战争无暇顾及的事情而缺席,可是,作为人的一种本能需求,无论从生活真实还是艺术真实的角度考虑,革命历史小说都无法回避对爱情的描写。与其他作品不同的是,革命历史小说关于爱情的篇章并不是对一种生活现象、生理现象的简单描摹,而是经过作家思索后,赋予了深刻理性内涵的神圣纯洁的爱情。这种爱情否定生理欲求,与中国传统婚姻道德有颇多内在联系，视性爱欲求为道德败坏的一种表达方式，但是它同时塑造了一种完美、高尚、真挚的感情生活，是感性爱情的理性升华。而在新历史小说中，当革命与本能欲望发生冲突时，总是后者占据优势。生存、安全、情爱、自私等本能欲望中的任何一个因素在天平上的分量都不亚于甚至超过革命。

少剑波与白茹、杨晓冬与银环、姜永泉与娟子、芒种与春儿是在革命斗争中萌发了爱意的革命恋人。但是，他们的爱情是作为一种催人奋进的精神力量出现的。他们的恋爱过程本身就具有教育、示范作用。

团参谋长少剑波二十二岁，“精悍俏爽，健美英俊”。小白鸽白茹十八岁，医疗技术高超，能歌善舞，精巧玲珑，“脸腮绯红，像月季花瓣。一对深深的酒窝随着那从不歇止的笑容闪闪跳动。一对美丽的大眼睛像能说话似的闪着快乐的光亮。”她是小分队唯一的女性。在共事过程中，她那赤纯的少女之心被少剑波文武双全的男性魅力折服，平生“第一次泛起爱情的浪花。她眼前这个英勇俊俏、多才多谋的少剑波，像一颗美丽的花籽一样，深深地种在她那颗玲珑的心里。”可是在剿匪战斗紧张激烈的状态下，全体小分队成员时刻都可能遭遇灭绝人性的土匪，作为最高指挥员的少剑波不能出现任何判断失误偏差，所以，她不敢吐露心声，只能无时无刻地恋想着他，默默地仰慕着他。少剑波面对着这美丽多情的少女也感觉到了自己的变化，但是他在理智与感情中选择了前者，他告诫自己，“这是什么时候，允许我对一个女同志这样温情。”直到剿匪战斗取得了一个又一个的胜利，最后的曙光即将出现时，他们的爱情才在上级领导的善意干预下成为“不成秘密的秘密。”虽然他们彼此并没有倾诉爱意，但是长久积淀心中的真爱使他们心灵相通，在王团长含有深意的一瞥中，刹那间，“他俩脸上顿时泛起红晕”，这无言的表情足以使他们感受到对方的深情厚意。没有山盟海誓，没有耳鬓厮磨，可是他们却以实际行动向世人展示了爱情在革命的照耀下是多么的纯洁、美好、甜蜜、神圣。

杨晓冬与银环、姜永泉与娟子、芒种与春儿的爱情故事也同样是在保证革命不受影响的前提下发生发展的。对于他们来说,爱情是必须服从于革命需要的。虽然早在二十年代后期中国文学中就有了“革命加恋爱”的文学模式,但是历史事实和文学故事都告诉我们,当爱的条件不具备时,爱情这种高级精神需求必须服从于生理层次的生存需求;而在爱的条件已经具备时,爱情还必须让位于革命事业的需求。这是战争年代极为正常的现象。杨晓冬面对这个问题时,就对自己的爱情萌芽采取了坚决遏止的态度。他对自己说,“党派你进都市,是来开展工作,还是追求什么个人问题?你知道吧!下面对领导,固然看原则,更多的是看生活作风。领导与被领导的关系好坏,很大程度上是从生活作风来的。你才二十八岁,年轻嘛,为党为人民再工作五年、十年,再来谈这个问题,有什么大不了?也许,这种观点遭人反对,甚至连年迈的母亲都不同意。但这是一种观点,一个共产党员情甘愿意的观点。”对于创作来说,这种状况是时代主观局限性在起作用,但了解历史生活和战争残酷性的人们都知道,这同时也是在客观历史生活中不得已而为之的必然结果。

革命历史小说回避爱与欲望的描写。在革命历史小说中,只有反面人物,如《苦菜花》中的王柬芝、王竹、王玉珍等地主阶级人物、《林海雪原》中蝴蝶迷、许大马棒等土匪才会赤裸裸的表露对性的欲求,才会以肯定的态度对待性的欲求。王柬芝与淑花的缠绵,王竹对美色的毫不遮掩,宫少尼对杏莉母亲的欲求,都是作为被否定的不道德的行为描写的。而主要的正面人物没有性欲的表现和要求,次要人物和成长进步中的人偶尔会有所表达,如《苦菜花》中花子与老起本是苦根相连的两根藤,因相互怜爱走到一起,在艰难的岁月里互相关心,互相体贴,萌生了爱的激情,孕育了爱的结晶,但得到的却是公众的舆论责难和家人的行为背弃,还有自己深深的自责和愧疚。花子不认为自己有爱的权利,"我哪够个共产党员?"决心一死了之。老起被村民们反绑着游街示众。虽然他们通过抚爱发现了"人类间还存着幸福和温暖",但他们并不能因此确信自己的正确性,乡民干部也不曾真正认可这种结合方式。

革命历史小说中的主要正面人物对待生理欲望是冷静而理智的。如星梅和纪铁功为了革命事业,努力压抑爱的欲求,一再推迟婚期,因为他们坚信,婚姻生活、缠绵爱情会影响革命热情,削弱革命动力。丈夫的归来,使母亲心情舒畅,不由得哼起了年轻时唱过的情歌。但被儿女们听到后,她很慌乱、羞涩,因为按世俗观念来看,这是轻浮、不庄重的坏女人才会有的行为。而为了填补正面人物感情上的空缺,作者煞费苦心地安排母亲的丈夫仁义常年逃亡在外;于团长的妻子去世已久;娟子和姜永泉、星梅和纪铁功、陈政委和侯敏都是离多聚少,从短暂的相聚中读者看到的也只是革命、工作,很少有夫妻、恋人私人生活的描写。青梅竹马的杏莉和德强是其中最具有浪漫色彩的一对恋人,对他们的描写可以体现出作者对爱欲描写的态度。

德强在河边树林里向杏莉表明爱意。暮色中,河水上升起茫茫白雾,德强欲说还休,杏莉想听还怕,一个吞吞吐吐,一个羞羞答答,无意间手碰了手,立刻像触了电似的躲开,一旦说了,听了,都激动得说不出话来了,"德强用力握住她那烘热微胖的小手。杏莉把头轻轻靠在他那健壮的肩膀上。"相识相知数年的两个人终于表明了心迹,紧张、羞涩、幸福在宁静的暮色中弥漫开来。这种爱的表达犹如清新、纯洁的白莲花在晨风中绽放,给读者展示了一幅温馨、恬静、秀美的画面。体现了传统道德中的含蓄美,是一种净化的诗美的描写。在娟子和姜永泉、星梅和纪铁功短暂的相聚中,我们也能看到作者对情爱所赋予的诗化美和神圣美。

爱情的至高境界是情与欲、灵与肉的结合,从革命历史小说到新历史小说表现了社会中的性爱观念的发展变化。中国传统文化中保守的性爱观念对革命历史小说有非常大的影响，所以，小说中总是尽量避免涉及爱情和欲望，注意弘扬那种至真、至纯的精神领域休戚与共的革命爱情。两性之间肉体的关系是革命历史小说作家耻于表达的禁区，即使无法回避的，也是以非常隐蔽、含蓄的手法一笔带过。《保卫延安》是爱情缺席的作品，《林海雪原》仅有的少剑波和白茹的爱情从头至尾都在朦胧模糊中进行，没有耳鬓厮磨，没有卿卿我我，读者甚至没有看到他们彼此倾诉衷肠。《野火春风斗古城》中则是以爱情作为说教的有力手段，杨晓冬面对轻盈俊丽的银环心潮澎湃，但是，他坚决遏制了自己的感情冲动。相较而言，《苦菜花》的爱情描写比较成功，属于那个年代里大胆描写爱情的作品，而且，其中有非常惹眼的性爱描写，可是那种描写同《风云初记》里所描写的一样，都只是表现坏人和落后分子的一种手段，而其中主要的正面人物都没有出现过类似的行为。

新历史小说中欲望的展示远远超越了情感的表达。作家们很善于表现灵与肉的冲突与融合，以开放的姿态展示人的性本能。《丰乳肥臀》中，人的本能欲望战胜了一切伦理道德的束缚，人的生命欲望成为主宰人的动力。作品通过两性关系展示人性，通过家族关系展示民族、文化、历史的传统，肯定人的欲望，对生命本能给予关注，用生命的价值尺度去描写抗战时期的生活。它不讳言人对爱、对欲的追求和渴望，充分表现了在残酷的战争环境里，当人的生命时时处于毁灭的阴影中时所爆发出的那种对性的渴望与激情。上官鲁氏为了在上官家获得一个家庭成员应有的地位，不惜一切代价，不计任何后果，疯狂地向各种男人“借种”生儿子；哑巴念念不忘上官鲁氏嫁女儿的许诺，在得不到圆满答复时，冒着被枪决的危险强奸了上官领弟；司马库在阶段性胜利的喜悦中纵情狂欢，无视道德、伦理的存在，诱奸了神智恍惚的大姨子上官来弟；灾荒年月，上官金童为弥补愧疚，在龙青萍停止呼吸，尚有体温的时候奸污了她的尸体……而上官鲁氏对马洛亚的真情，上官来弟与沙月亮的私奔，上官招弟无所畏惧地毅然跟着了司马库，上官领弟对哑巴的性依赖等，都与阶级没有关系，都是毫无造作的人的生理需要、精神欲望的具体体现。

上官鲁氏在难产时回忆起了在槐树林里与马洛亚牧师水乳交融的场景，幻觉里出现了纷纷下落的五彩槐花，浓郁的花香像酒一样迷人神魂，记忆中那幸福的感觉使她在生死的交界线上忘记了阵痛，忘记了对死的恐惧和对生的眷恋。上官领弟在鸟儿韩被抓走后变成了不食人间烟火、不说凡人话语的鸟仙。被哑巴孙不言强奸后，她的生活突然发生了变化。在即将枪毙哑巴时，"穿着一身白衣的上官领弟翩翩而来。她的步态轻盈，飘飘欲仙——那时刻是鸟仙一生中最美的时刻，她在众人面前舞蹈着，像沼泽地里的仙鹤。她的脸鲜艳极了，像红荷花，像白荷花。她身材匀称，肿胀的嘴唇十分诱人。"与哑巴结婚后，整天在纵情狂欢中度过，因恋情夭折而受伤的心得到空前的安慰。上官来弟在三妹坠崖身亡后神经错乱，犯了花痴。司马库与她偷情后治好了她的癫狂。她脱去了终年不离身的黑袍子，"身腰窈窕，面容清癯"，恢复了上官家美人的姿态。再次面对司马库时，她露出了幸福的羞涩，表明她已体会到了正常的、健康的爱的感觉。综观全书，虽然描写的角度不同，但可以明确的是，《丰乳肥臀》对人的欲望是完全肯定的。

正如一位批评者说的那样，《丰乳肥臀》里"从母亲上官鲁氏、女儿上官来弟、上官招弟、上官领弟——鸡场场长龙青萍、独乳老金、汪银枝——到第三代鲁胜利、沙枣花——无一不在脱。小说把女人的脱，安插在各式各样的场合。"①上官鲁氏与马洛亚牧师在初夏的槐树林里；上官盼弟与蒋立人在灯火通明的房间里；上官来弟与司马库在漆黑一片的驴圈里；沙枣花在司马粮的豪华地毯上；汪银枝在上官金

① 陶琬：《歪曲历史 丑化现实》，《中流》，1996年第7期，第28页。

童的“独角兽乳罩大世界”里……可以毫不夸张地说,《丰乳肥臀》中的性爱描写比比皆是,而且书中主要人物对欲的渴求是毫不掩饰的。上官领弟在将要枪决哑巴的臭水坑边,当众展示了“贪婪的、但极其自然健康的欲望”;上官来弟在众目睽睽下扑到巴比特身上,“搂着他的脖子,身体紧贴到他身上,嘴里呢呢喃喃地,象高烧呓语:‘……死了呀……熬死了……”对本能欲望的赤裸裸的描写本身就表明了作家的一种写作立场。同样,在《白鹿原》、《故乡天下黄花》、《活着》的描写叙述中也广泛存在着作家充分肯定人的本能欲望的思想痕迹。

革命历史小说造就了一种时代爱情观,“在很长的一段时间内,我们自觉不自觉地接受了这样一种观念:即性是肮脏卑下的。在人的身上固然存在着性本能,不过由于人是从动物进化过来的,而在这进化过程中还没彻底摆脱动物的属性,于是,‘兽行’常常成了性行为的同义语,而最完美的人则应当超脱性的折磨,从而使自己的肉体和精神完成从罪孽深渊到天堂的升华。生活中这种规范和准则也很自然成为衡量我们文学作品中英雄人物的一条基本准则。”①新历史小说则不然,《白鹿原》开篇就是一句颇具性爱色彩的话,“白嘉轩后来引以为豪壮的是一生里娶过七房女人”紧随其后,作者不厌其烦地分别描写了他同这七个女人的性爱生活。而后,性爱作为成年人生活中必不可少的大事成为作家精心描写的对象。从白家到鹿家,从族长到村民,从父亲到儿子,从男人到女人,性爱关系被开放式的展示在革命历史舞台上。作者在创作谈中开诚布公地说到要在小说中“把性撕开来写”,要“用一种理性的健全心理来解析和叙述作品人物的性形态性文化心理和性心理结构”,②其他新历史小说在这方面的描写也同样是

① 贺绍俊、潘凯雄:《面对一个文化现象的思考——论新时期小说中的性意识》,《当代文艺探索》,1986年第4期,第42页。

② 陈忠实:《〈白鹿原〉创作漫谈》,《当代作家评论》,1993年第4期,第20页。

"撕开"来写的。《丰乳肥臀》这部小说的标题本身就充满了性爱色彩，在具体内容中，性爱作为一种人性本能也同样被描写得淋漓尽致。在《活着》和《故乡天下黄花》中，性爱依然是必不可少的描写对象，可是，作者在描写时明显的将其作为一种平常现象予以描写，目的只是使作品保持一种情节上的完整，如，写福贵的嫖妓生活，只是为了证明阔少爷时期他的生活是多么荒淫无度，他"爱往妓院钻，听那些风骚的女人整夜叽叽喳喳和哼哼哈哈，那些声音听上去像是在给我挠痒痒。……嫖妓只是为了轻松一下，就跟水喝多了要去方便一下一样，说白了就是撒尿。"《故乡天下黄花》中赤裸裸的性爱同样是为全局服务的，无论是李家少爷李文闹与赵小狗老婆建立在物质交换基础上的私情，还是日本人无耻奸淫的强盗行径，都是构成完整情节的辅助部分。

第三章

肯定与解构的分歧

第一节　革命历史小说:肯定革命历史发展的历史必然性

1949年10月,社会主义新中国的诞生标志着中国革命的伟大胜利。那些曾经积极投身革命和人民解放事业的作家们同全国人民一样沉浸在欣喜之中。然而,生活并不能像人们期待的那样迅速转入祥和、平静,战乱后的国家千疮百孔,境内外敌对势力的存在使政治斗争和阶级斗争成为不可忽视的现实存在。因此,整个社会依然承继着战时的二元对立思维和阶级斗争观念。综观当时的历史状态可以发现,当时社会外在的政治规范要求在人们的主动接受的过程中已经内化为社会个体的主观欲求,因此,阶级斗争观念和强烈的政治责任感成为社会生活中近乎宗教情绪的意识存在。而在当时,被赋予崇高地位和荣誉的作家们更是首当其冲的虔诚和主动,并由此形成了建国后第一次创作高潮。被誉为红色经典的革命历史小说就是其中最能体现时代思想特色的文学艺术精品。那时,革命的硝烟逝去未久,战争的伤痕依然在人们心头存在着,而新中国建国初期在各个方面所取得的巨大进步使社会中原本狂热的政治激情愈发澎湃起来。爱国主义、英雄主义的情绪散布在中国大地的各个角落，自觉遵循“文学为政治服务”的创作原则，强调文学创作的政治目的性和政治功利性成为作家的共同追求。他们在作品中自觉运用战时两军对阵的二元对立思维模式来构思创作，自觉强调英雄主义和革命乐观主义。他们的历史观念中充分表现出了一种共识——肯定革命历史发展的必然性。

一、表现革命斗争与农民生存需求之间的内在一致性

近现代以来，革命斗争对于中国人民来说已经是司空见惯的生存状态了。鸦片战争、太平天国起义、八国联军入侵，以及辛亥革命以后的军阀混战，数十年的战乱，使曾经富有强大的中国显得衰败不堪，而处于社会底层的广大农民在历次战乱中总是首当其冲的受害者。因此，在日本外侵，内战不停的岁月里，革命斗争就成为满足人们生命个体的生存和安全需求的必要手段。通过革命历史小说我们可以看到处于水深火热中的农民只有也只能通过革命斗争来满足自己的生存和安全需求。

《苦菜花》中的姜永泉早年丧母，幼年给地主放牛，长大后当长工，过着牛马不如的生活。后来，由于自己负责照管的东家的猪被抢劫，原本没有丝毫反抗意识的他无法偿还，走投无路，别无选择地投奔了由老共产党员于得海领导的义军，从此走上了为改变农民命运而战的革命道路，并奇迹般地成为领导了王官庄革命的头号人物。其中的传奇英雄于得海也是贫苦出身被“逼上梁山”的农民领袖，他为了改变基本的生存状况而出没于山林之间，成为家喻户晓的绿林好汉，带领众多被压迫的平民百姓走上与富贵的压迫阶级对抗的道路。在《保卫延安》中，周大勇是一名英勇出色的指挥员。但是追溯他的革命动机，同样是为了改变生存境遇。他的父亲和哥哥都为革命牺牲，母亲也为此被反革命杀害，因此他在十一岁时就失去所有的亲人，成为到处流浪

的孤儿。在艰难困苦中,他牢记父亲的话:“红军的队伍就是我们的家啊!别人不革命能行,我们不革命就没法子活!”这句话中的“我们”其实涵盖了整个被压迫、被剥削到极致的群体,《保卫延安》、《苦菜花》、《风云初记》等革命历史小说中的农民革命者都是不革命就无法生存的或者无法正常生存的被压迫者。作家通过详实的描写反映出,这些被压迫、被剥削者的反抗斗争是一个由本能自发到思想自觉的必然过程。在《苦菜花》中这一过程尤其明显。

冯家是小说中的主体,通过以他们为代表的农民家庭就能看到农民为了谋求生存所付出的沉重代价。他们由安于被压迫到坚决反抗压迫的抗争过程表现出,革命斗争对于农民群体来说是一个由本能自发到思想自觉的必然过程,是具有社会时代性的、必然的合理举动,是与农民需求具有内在一致性的社会行为。

贫农冯仁善一家本是任劳任怨、安分守己的普通农户,“长期痛苦生活的折磨和有权势人的不断迫害,使这些贫苦的人们具有一种能忍受任何不幸的忍耐力,他们相信该穷该富是命运注定的,自己是没有力量也没有权力来改变的。他们像绵羊一样驯服,像豆腐一样任人摆布。”可是,仁善一家想在压迫中维持贫苦生活的愿望被打破了。在一个阳光明媚的日子里,他家里漂亮的儿媳妇在光天化日之下被乡长、大地主王唯一的儿子王竹无耻地强暴了!对于他们一家来说,王竹这种行为不仅是地主阶级外在形式上对贫农的压迫,同时也是统治阶层对下层人群在精神上的恣意践踏。对于信守儒教伦理道德的中国百姓来说,这是足以致人于死命的精神侮辱。因此,老实忠厚的仁善愤怒了,在一种生命本能的驱使下,他扬起牛鞭狠狠教训了禽兽一般的王竹。

冯家的漂亮媳妇回家就病倒了,身上怀着的两个月的孩子也流产了,整天说胡话。面对这种局面,贫苦人只能忍气吞声。然而,为富不仁者并未善罢甘休。在一个漆黑的夜里,仁善被地主王唯一派人吊在梁头上,浇上煤油烧成了灰。他的儿子德贤和儿媳妇则被活活殴打致死,弃尸野外。至此,由本能欲望引起本能反抗的伦理侵犯事件演变成了压迫者疯狂虐杀、报复被压迫者的充满血腥的阶级事件。而且,压迫者并不打算住手。为斩草除根,地主王唯一又将目光转向了仁善的弟弟仁义。为了活命,仁义被迫离妻别子,远走他乡。这时,他的妻子产后尚未满月,四个孩子中最大的十六岁,最小的刚刚出世。没有了家中最重要劳动力,冯家生活的艰难可想而知。而他们的生存状态只不过是旧社会千千万万农民家庭的代表性的展示。在家破人亡的血的教训面前,仁义的妻子和孩子对地主王唯一等人很自然地产生了一种本能的仇恨。这种仇恨是非常具体而实在的,是与个人经历分不开的一种本能的产物。正是在这样的艰难时刻,中国共产党给他们带来了摆脱压迫,改变命运的希望。

冯德英在小说中直接告诉读者,是"像数不尽的火星撒布在秋天的山草上"的共产党改变了受苦人的观念。冯家的女儿娟子在共产党的宣传教育下成为家中首先要求反抗的人。她向母亲提出了疑问:"咱们穷人为什么这样苦呢?""为什么多数人要受少数人欺呢?""你说像王唯一这样的人,该杀不该杀?"母亲想前想后,心里有些明白,可又有些糊涂。这是大多数农民觉醒之初的普遍感受。虽然没有明确答案,可是,母亲作为被压迫者的代表反映了广大农民安于现状、相信命运天定、甘心情愿受苦受难的思想已经开始动摇。但是,这并非革命历史小说想体现和表达的内容。革命历史小说的重点在于展示这些受苦受难的劳苦大众是如何由本能的自发反抗转向思想上自觉反抗的过程。

随着共产党革命活动的深入展开,觉醒的农民开始夺取政权,平均地权,以解决农民生存的根本问题。大地主王唯一作为为害一方的恶霸被娟子亲手枪毙。这一行动本身展示了农民生存压迫的消灭,同时,也使母亲和大多数人终于意识到:命运是可以改变的,富人并不是永远高高在上的。在王官庄的公审大会上,母亲一家的仇恨、王老太太一家的冤屈,成为阶级教育的典范。许许多多受压迫者通过他们的诉说,联想到了自己的痛苦和不幸,阶级意识、阶级关系开始迅速在群众思想中萌芽。革命历史小说所讲述的故事使读者得出一种判断——革命斗争的根本目的在于改变既有秩序,以满足革命主体的利益需求。中国革命斗争与广大农民的根本需求之间具有高度的内在一致性。

二、革命斗争使下层劳动者获得精神解放

革命斗争不仅满足了农民的生存需求,同时也从较高层次满足了以农民为主体的下层劳动者希望被尊重、被认可的精神需求。“人是有着双重生命的存在。自然生命对于人,只不过是人的存在基础和前提,人之所以为人,人之区别于动物,是因为在自然生命的基础上,人还创造了人所特有的自为生命,也就是那个‘自我人格生命’。如果说,第一生命是人作为自然存在的生存基础,那么,第二生命表现的,就是人的生存价值和生存意义的生命。所以,对于人来说,自然生命固然也不可少、也很宝贵,但价值生命对人却有着更为根本性的意义……”。①

革命历史小说表明,处于历史变动中的农民正是在革命斗争中发现了自我人格生命的存在。在接受革命浪潮冲击之前,他们的生活状态仅仅局限于自然生命的延续上而忽视了第二生命的存在,是激烈而残酷的革命斗争使他们潜在的精神追求得以释放,使他们在争取生存空间的同时也意识到生存价值和生存意义的重要性。在《野火春风斗古城》中,因为生活窘迫,前途渺茫,正值青春年华的韩燕来对待生活

① 高清海:《人就是“人”》,辽宁人民出版社2001年第1版,第16页。

的态度是极为消极的。按照他妹妹小燕的话来说，他“不肯给鬼子干事，赌气辞了职。接着就失业，有本事没人用，有力气没处使……钱挣多了，一文不花，饿着肚皮把钱拿回家来；钱挣少了，连家也不进，到酒馆子里把钱喝净。”在他眼里，“这哪里叫生活呢？一天吃不饱三顿饭，一年混的衣服裹不住身……鬼子，汉奸，特务，狗腿，多得赛过夏天的臭虫苍蝇……”因此他想像父亲那样参加革命，可是没有找到组织，失望地返回了家。作为处于当时那种殖民统治下精神彷徨的青年人来说，这种状态的生活是纯粹的维系动物性生命的生存。他渴望突破这种低层次生命轮回的藩篱却无路可走，精神上的、思想上的压抑和苦闷使他只能无奈地延续着一种动物性的本能生活。因此，他变得脾气古怪起来，有话也不对人讲，对外也不联系，苦闷来了就喝酒，生活对他来说没有什么乐趣可言。直到地下党员杨晓冬走进了他的生活，他的精神面貌立刻发生了改变，紧张、严峻而艰苦的地下党的生活使他充分感到了自己生存的价值和意义。他通过革命斗争找到了自己的理想和目标，找到了实现人的自为生命的广阔途径。他感到了被社会需要的喜悦和被他人认可的快乐，深切体会到了生存中自然生命之外的价值生命的真谛。因此，他整个人都改变了，不再垂头丧气地面对周围人群，不再借酒浇愁怨天尤人。他唯一的妹妹惊喜地发现自己的哥哥乐观并且和蔼可亲起来。而以往被他无奈地作为糊口谋生手段的拉车职业也成为革命行动的有力掩护方式。他拉车的步伐显得轻快而矫健，展示了一个年轻人应有的活力和朝气。

《保卫延安》中也深刻体现了革命斗争与下层劳动者精神需求间的必然联系。流血、牺牲、疲惫、饥饿时刻萦绕在战士们周围，在行军的艰难时刻，连长周大勇充分调动精神因素来鼓励大家，他说：“……同志们，党、毛主席和周副主席，带领我们用两条腿走遍了全中国，让我们认识了很多事情，还让我们认识了自己。想想，我们一爬出娘肚子，饥饿、穷困，就像魂灵一样不离我们。我们没有参加革命的时候，闹不清自己活到世上到底为什么;也不知道浑身的力量往哪里使,满肚子的冤枉往哪里倒;更不知道自己受的一切痛苦是从哪里来的！可是,如今我们变成了真正有用的人……”这段话真实表达了革命群众在思想上的觉悟。这里所说的“有用的人”,就是一种被认可、被尊重,是对生命价值和生命意义开始进行有意识地追求的表现。同样,《苦菜花》中共产党员七子在牺牲前对妻子所说的一段话也充分表现了革命斗争对于农民思想精神方面的巨大触动。他在王官庄暴动的战斗中受伤,因此在鬼子大扫荡时无法跟随大家撤退,结果,被汉奸王柬芝出卖,和妻子一起被包围在一个地洞中。然而,面临死亡他毫不畏惧,而是镇静地对妻子说:“咱们穷人在旧社会里,早晚要被逼死害死。多少人不是忍气吞声到了最后还叫人家打死吗？咱爹咱妈是这样,仁义婶家是这样,世上这样死的人不知有多少！这都是那不公平的旧社会害的啊！这些理过去我不懂,老姜来了,才把我领上革命的路,才懂得穷人要翻身,就要起来把那些害人的坏种拾掇干净！可你要杀仇人,仇人也要杀你,穷人和富人是势不两立的死对头！咱们为穷人能过上好日子死,死得值得,死得应该,死后会有人替咱们报仇!”这真诚的话语里表达了一个农民对党和社会关系的淳朴认识,同时也展示了一种思想观念变化发展的轨迹。参加革命之前,七子和祖祖辈辈的劳动大众一样,为维系自然生命而挣扎,同时又甘于被剥削被压迫而逆来顺受。经过革命的洗礼,他改变了原来的顺应天命的旧观念。他懂得了阶级对立的客观存在,也知道了改变命运在于勇敢反抗。但是,对于面对死亡的他来说,最重要的一点在于他懂得了生存的价值和意义,懂得了自为生命比自然生命更有意义。所以,他认为自己和妻子的死是“死得值得,死得应该”,由此在慷慨就义中谱写了自己生命最华美的篇章。

作为处于封建社会底层、受压迫最深的群体,广大妇女在革命斗争中所获得的解放和进步尤其明显。如《苦菜花》中的母亲、娟子、星梅;《野火春风斗古城》中的银环姐妹、小燕、杨老太太;《林海雪原》中的白茹、鞠书记;《风云初记》中的春儿、秋分姐妹,她们都是贫苦出身的勤劳、善良、勇敢的新女性,是在革命战斗中迅速成长起来的、坚定的共产主义战士。她们在革命斗争中走到历史舞台的前沿,完全、彻底地打破了长期以来压在妇女身上的重重枷锁,摆脱了千百年来的被男权所赋予的传宗接代的工具地位和附属地位,恢复了女性做人的尊严和荣誉,实现了自己生命的价值和意义。

作为一个时代母亲形象典范的《苦菜花》中的母亲尤其能够体现革命斗争与女性需求的内在一致性。她在女儿的影响下走上了革命道路,现实斗争使她逐渐改变了过去一味逆来顺受的态度,开始认真思索命运与现实的不公平。她从王官庄暴动的革命事实中看到了改善生活的希望。思想上的巨大变化更促使她为理想和希望而不断奉献。所以,她积极支持女儿参加革命,送大儿子参加八路军,忍受劳累去参加开荒生产,而让两个能干活的女儿去上学。被大扫荡的日寇逮捕后,她视死如归,即使面对被折磨的小女儿嫚子,也没有透露出军工厂的机器在哪里。现实生活的残酷使她坚信只有共产党、八路军能给穷苦人带来好日子。而她的家人也是在潜移默化中成长为共产党坚定的追随者。女儿娟子是家里的最先觉醒者,是日本人侵后迅速成长起来的共产党员;女婿姜永泉是革命的中坚力量,领导了王官庄的暴动,带领一大批农民走上革命道路;儿子德强十五岁就成为八路军战士;二女儿秀子在哥哥参军后继任当上了儿童团长;小儿子德刚才六岁就参加了儿童团;离家数年的丈夫仁义,归来后几乎一点没犹豫,就参加到抗日斗争的行列里。这个饱受压迫和剥削的家庭在革命斗争中摆脱了动物性本能的生存理念,在残酷而紧张的斗争中体会到了为共产主义理想献身的喜悦。

同样,在《林海雪原》、《风云初记》等其他革命历史小说中,广大农民走上革命道路的轨迹也体现了革命斗争与农民自身精神需求的一致性。在参与革命斗争以前,广大下层劳动者的生活轨迹很简单:首先要尽可能找个好东家,租一块好地,而后开始日出而作、日落而息的耕作生活,在丰收时节将辛勤耕耘所得的、“粒粒皆辛苦”的大部分成果交到地主家,由此,即使在丰收的年景里也要靠着勤俭持家和野菜、稻糠度过余年——这就是农民延续生命的基本程序。日复一日,年复一年,世世代代,祖祖辈辈,就这样维系、传递着动物性的种族生命。高庆山、杨子荣、杨晓冬等革命中坚分子都曾经历了生命的坎坷磨难,遭受了生活的挫折打击,活着在他们的世界里成为缺乏色彩和意义的本能行为。但是,当他们遇到了共产党,他们心中顿时涌起了生活的希望,是思想和精神的力量给予了他们生活的热情和奋斗的目标。可以说,革命历史小说中的主人公都是能够体现革命斗争与农民精神需求一致性这种历史判断的个体。而且,作家通过娓娓道来的描述,完成了一种历史判断——中国农民进行革命是历史发展必然的结果,他们的革命道路经历了一个本能自发到思想自觉的转变。经过革命实践,结合自己的亲身经验,广大民众从信仰上接受并坚信共产党是属于自己的政党。

三、中国共产党是唯一能够承担历史重任的政党

革命历史小说塑造了共产党伟大、光荣、正确的光辉形象,切实体现出没有共产党就没有社会主义新中国的鲜明主题。在《保卫延安》中,陈兴允旅长概括地描述过革命战士的形象:我们的战士,把自己的全部生命、青春、血汗,都交给了人民事业。他们即使去赴汤蹈火粉身碎骨,也积极主动毫无怨言。一个人,望着他们就不知道什么叫艰难畏惧。一个人比比他们,就觉得自己贡献太少,就觉得自己站在任何岗位上都不应该有什么不满意。在红色经典中,诸如此类的描绘比比皆是,革命战士的高大形象由此栩栩如生地浮现在读者的脑海中,他

们的精神则成为鼓舞和激励当时人们进行社会主义建设的强大动力。而阅读这些书籍成长的人们则在脑海中牢牢树立起革命战士的伟大形象。

在革命历史小说中,共产党之外的各种势力都将战争作为获取私己利益的手段和工具。为了获取最大利益,他们可以置国家利益、民族利益于不顾,更不用说一直处于他们视野之外的人民利益了。在《苦菜花》中,投靠了国民党政府的地主王柬芝等人为了效忠党国出卖国家利益,甘作民族败类,充当日本侵略者的打手,残酷镇压和迫害抗日群众,是以姜永泉、于得海为核心的共产党人团结了许许多多诸如母亲一家那样全家誓死抗战的普通家庭,同侵略者及其走狗做了坚决的斗争。《林海雪原》里,国民党残余土匪座山雕、许大马棒、马希山等人疯狂屠杀手无寸铁的百姓,劫掠、焚烧村庄,使百姓的生活处于水深火热之中。为此,共产党派遣了优秀的共产党人组成小分队去剿灭这些人间祸患。在青年指挥官少剑波的带领下,神奇的小分队穿林海,跨雪原,以惊人的大智大勇剿灭了那些危害一方的祸害,杨子荣、刘勋苍、孙达得、栾超家等传奇式的共产党战士由此成为民间盛传不衰的英雄人物。《风云初记》中,当日本侵略华北的消息传到滹沱河两岸,在普通百姓眼里,老红军“别看穿得破烂,打仗可硬哩”,而“往南开的是蒋介石的兵,吃粮不打日本人,光知道欺侮老百姓。”而且部队在行进中还通过歌谣等形式宣传抗日,号召老百姓组织起来打日本人。冀中人民积极响应,出工出力,热情支持抗日的部队,农村妇女们还组成妇救会,为战士们缝衣、做鞋。与之相反,地主阶级以及他们所投靠的国民党却表现得缺少民族骨气和爱国情感。地主少爷田耀武在日本侵略华北的同时买回来日本走私的丝绸衣料孝敬父母,听说日本人就要来了,他匆忙剃掉日本人讨厌的学生头,然后背着包裹趁夜逃离了子午镇。日本侵略者步步逼近的时候,地主田大瞎子的座上宾公然说道:“一个庄稼人,谁来了不是做活吃饭,谁来了不是出差纳粮?不要听那些学生们胡说八道,整天价花着爹娘不心疼的钱,不好生念书,抗日,抗日,我说吧,日本人进攻中国,都是他们招惹来的是非!”一个卖国贼的嘴脸由此跃然纸上。

在革命历史小说中,共产党就是贫苦大众的代言人。几乎所有的共产党革命中坚力量都是从被压迫最深的社会底层走上抗争之路的。如姜永泉这个领导了王官庄革命的头号风云人物,早年丧母,幼年给地主放牛,长大后当长工;周大勇是一名英勇出色的指挥员,而他在十一岁时就失去所有的亲人,成为到处流浪的孤儿;高庆山本是农家子弟,早年积极参与农民暴动,后来成为领导了滹沱河畔革命斗争的优秀指挥者;杨子荣这位智勇双全的侦察员是雇工出身,他的爹娘因为地主老财的迫害相继去世,他的妹妹被抓去当丫头,后来不知被卖到何处;杨晓冬是胆大心细的地下工作者,他早年丧父,由母亲含辛茹苦地抚养成人。这些人是小说中的英雄人物,是共产党员的优秀代表,但是他们都曾经历了生命的坎坷磨难,遭受了生活的挫折打击,一度生活在缺乏色彩和意义的无望世界里,只有当他们找到了共产党,心中才涌起了生活的热情和希望。

在现实生活中,《保卫延安》中的高级将领彭德怀将军本人就如同小说中所塑造的这些革命者一样出身贫寒,很小的时候就已经体会到了贫苦的滋味。“十岁时,一切生计全断。正月初一,邻近的富豪家喜炮连天,我家无粒米下锅,带着二弟,第一次去当叫花子。我兄弟俩至黄昏才回家,还没有讨到两升米,我已饿昏了,进门就倒在地下……以后,我就砍柴,捉鱼,挑煤卖,不再讨米了。严冬寒风刺骨,无衣着和鞋袜,脚穿草鞋,身着破旧的蓑衣,日难半饱,饥寒交迫,就是当时生活的写真。”①在革命历史小说作品中,姜永泉因为东家的猪被抢劫而走投

① 中国人民革命军事博物馆编:《彭德怀元帅丰碑永存》,上海人民出版社 1985 年第 1 版,第 3 页。

无路，为了生存，他投奔了了由老共产党员于得海领导的义军，从此走上了为改变农民命运而战的革命道路；周大勇的父亲和哥哥都为革命牺牲，母亲也为此被反革命杀害，是红军给了他第二个家，给了他新的生命；杨晓冬在师范学习时被无意中看到的《共产党宣言》深深打动，并从学习到实践，成为英勇的革命战士；杨子荣是地主的眼中钉，为此他被视作后患成为地主清理的对象，是好心的长工偷偷地放跑了他，使他从死亡的边缘逃离出来，而他随后的传奇经历使共产党员的形象增添了无限风采。这些人和彭德怀将军一样，原本都是安于天命，任人宰割的受苦人。由于在思想上缺乏前进的方向，他们遵循千百年以来约定俗成的规矩，本分做人，甘心受苦受难，是中国共产党的出现改变了他们的思想观念，使他们明白世界的本原并非如此，不公平的社会秩序是可以通过努力改变的。亲身体验的苦痛使他们明白了广大民众的需求所在，因此，他们积极努力地为改变人民的生存状态而斗争，而推翻既有腐朽、黑暗的统治是实现目标的唯一途径。于是，他们为了这个奋斗目标抛头颅，洒热血，前仆后继，谱写了中国革命历史的辉煌篇章。

在革命历史小说中，共产党是诚实、坚强、文明、智慧、友爱、无私等所有美德的拥有者，无论是高级将领还是普通战士，都具有共产党人应有的品德和素质。在《保卫延安》中，虽然党的高级将领彭德怀将军的形象略欠丰满，但是，他的平易近人、崇高精神、深谋远虑、虚怀若谷跃然纸上，作为党的高层形象展示了共产党领导阶层的精神风貌。他面对敌情冷静、沉着，全面分析，准确判断，以知己知彼的雄才大略赢得了战役的胜利。面对群众，他诚心诚意地表示：我们要像扫帚一样供人民使用，而不要像菩萨一样让人民恭敬我们，称赞我们，抬高我们，害怕我们。泥菩萨看起来很威严、吓人，可是它经不住扫帚打。扫帚虽然是小物件，躺在房角里并不惹人注意，但是每一家都离不开它。其他人物如周大勇、卫刚、卫毅、李诚、王老虎、马全有等人，无一例外，也都是能够体现共产党员优秀品质的光辉形象。即使像宁金山这样的落后分子以及从敌人部队中被俘虏过来的士兵宁二子,在共产党部队这个革命大熔炉中也会变成不怕火炼的真金。这对兄弟在执行一次任务过程中的对话可以充分展示这一点。当弟弟又冷又困想睡觉时,哥哥语重心长地说“二子,可不能打盹。你不是要求入党吗?我把你带出来,就有点私心:想叫你立一功。”“哥哥,你入党的事呢?现在咱班长们里头,就数你是非党群众啊!”宁金山说:“别提了!我要知道那回开小差会给我带来这么多的难过,就是吃屎喝尿也不干那亏人败兴的事情!人要是能用血洗去自己的过错,我愿意去死!”

革命历史小说在客观展示历史状态的基础上描写了当时中国社会的各种政治力量,包括共产党、国民党、日伪政权以及在中国民间文化中颇具豪侠气概的各种土匪势力。作家们通过对客观史实的描述,向世人展示了中国共产党所走过的艰难历程。同时,也通过文学形象告诉人们,共产党是农民的领路人,她帮助受苦受难的劳动人民摆脱思想的枷锁,走上谋求人人幸福生活的反抗道路。与当时的任何其他政治势力不同,她的出发点是为普通百姓,尤其是为受压迫最深重的下层人民谋求幸福生活。而她的落脚点在于拯救国家于危难之中,使这个具有五千年文明历史的泱泱大国重振雄风。自始至终,中国共产党都是以光明、伟大的形象出现在小说中的,相较之下,国民党的“攘外必先安内”,以及汪伪政府的投降主义则使他们的政治形象显得卑微而可鄙。

四、共产党以革命的实际行动铸就成功之路

历史本身告诉我们中国共产党领导人民赶走了帝国主义侵略者,推翻了腐朽的蒋家王朝,建立了属于人民自己的共和国。革命历史小说作家通过文学文本来回顾历史,以简洁、清晰的描写,使错综复杂的

历史发展状况以浓缩的历史形象展示在读者面前。他们通过文学作品来宣传、讲解共产党得以胜利的本质原因:以人民利益为重使党获得了广大群众的真诚支持;方向明确、思想端正使革命斗争始终保持着昂扬的精神状态;纪律统一严明、行动果断缜密保证了革命斗争的顺利进行。同时,作品在字里行间还明白无误地告诉读者,中国共产党领导的中国革命的胜利是完全符合历史发展规律的。

革命历史小说表明,革命战士都是在宣传教育的影响下主动参军的,这与国民党和日本侵略者的抓壮丁有本质的区别,从而首先从主观意愿上保证了革命队伍的战斗力。在行进中,部队处处帮民、助民而不求回报;群众的热烈拥护不断给战士以精神上的鼓励和支持;中国传统文化中根深蒂固的保家卫国、建功立业观念,这一切都使出身贫苦的战士愈发坚定了革命的斗志。而共产党所领导的革命军队的特有的、常抓不懈的思想政治工作则是持续保持高昂士气的根本。《保卫延安》中的政治委员李诚可以作为人民军队政委代表的典范使后人了解到战争岁月里理解与激励所创造出的精神力量是多么伟大而不可战胜。当周大勇为解放战士尹根弟开小差而恼火时,李诚语重心长地说道:“一个人要成为坚强的阶级战士,这要他经过反复锻炼,还要我们一点一滴地做很多工作,才能达到。……诉苦,这对刚参加部队的战士,只是个开头的启发。……对思想差的人,不要动不动就处分,打倒了一个人的自尊心,那这个人就会变成提起一条放下一堆的人。对思想差的人,首先应该帮助他进行自我批评。一个人做了对不起党和人民的事情,他心里不难过不痛苦,那你再严厉地批评他,作用也不大。要让人自觉,哪怕是处分他。”他还对战士们说,“尹根弟所以开小差,就是不知道他为什么打仗,为谁打仗。这样的兵,是不能充数的,同志们……我们的战士是为本阶级利益战斗的,可是为什么还有人开小差? 这责任在我身上,也在你们身上……尹根弟到你们连队整整三天了,你们对他连初步了解工作也没有进行,更不要说很好地爱护人家了!”

战士的主观战斗精神是革命取得胜利的有力保障,革命战士正是在强大的主观战斗精神鼓舞下不断取得一个又一个胜利的。众所周知,艰苦的物质条件是共产党在革命过程中需要克服的一个非常重要的问题。通常,生存、安全作为一种低级但是必须的需求是应该首先得到满足的。而且,自古道“民以食为天”。“吃”,作为一项本能的生理需求在任何时候都显得必需而重要,尤其在当下社会,保证基本的生存条件,吃作为首当其冲的项目是无可厚非的,因此,这种内容在新历史小说中被极力渲染。但是在革命历史小说中,这种动物性的生理本能在革命战士强大的精神力量面前是那么无力。《保卫延安》中,吃饱穿暖是奢侈的事情,浴血奋战的战士们常常靠土豆、南瓜、谷糠添肚子,而大多数时候,战士们是连这样的东西也没有的。为此,在吃饭这件事情上,“总是先战士后干部,先战斗部队后机关。”炊事员肚子饿得咕咕叫也舍不得多吃一点,经历过长征,遍体鳞伤的红军老战士——四科长,为了让同志们多吃一口饭,常常背着同志们把饭倒回锅里,结果自己变成了夜盲眼。一连连长周大勇在经历了血与火的战斗和长途跋涉的急行军之后,又累又饿,但是,面对陈旅长递过来的三个土豆,他首先想到这是首长们的口粮,然后想到饥肠辘辘的战士,所以,他没有狼吞虎咽地对待这珍贵的土豆,“他把土豆拿在手里,就头低在胸前睡着了。”然而,短暂的睡眠后,听到有新的任务,他立刻精神抖擞,迫不及待地要求上阵。他手下的战士,在湿气弥漫的河边坐着、躺着进入沉睡状态,睡梦中还不忘战斗,醒来后又继续紧张地投入新一轮的战斗。这样的部队,这样的精神,是任何力量都无法抵御的。

军民鱼水情深也是革命必然胜利的无形保障。在革命历史小说中,共产党是与国民党、侵略者、卖国者相对立的正义的化身,在百姓心中的地位是崇高、神圣但又不乏亲切的认同感的。为此,广大民众愿意追随她,愿意为她奉献牺牲。贫苦农民李振德老汉曾为保守军事秘密带着孙子舍身跳崖,幸运的是他活了下来,不幸的是他永远失去了天真、可爱的孙子。虽然孙子的过早逝去使他心痛,但是他毫不后悔自己的举动。因为他认定了共产党部队是自己的救星,是能够给自己和乡亲们带来希望和幸福的穷人的部队。他对周大勇连长的谈话充分表明了共产党在他心目中的地位,他说:“孩儿,咱们毛主席,总是把咱们老百姓挂在心上的。人家劝他过黄河,他总不去。让我说,毛主席还是到河东去安稳。炮火连天的,他老人家要是有个一差二错,咱们该指靠什么?唉!提心吊胆的,生怕咱们毛主席遇上什么凶险,天塌下来,可一阵我又谋划:毛主席真是过了河,咱们心里又空荡荡的。孩儿,我是二心不定呀!……我晓得,咱们毛主席不同凡人。……老百姓就是帮助自己队伍做上一星半点事情,那还不是自己的本分!”同样的,在其他革命历史小说中也能够体现出老百姓与共产党之间的深厚情义。《风云初记》中长工出身的芒种在对日本侵略者的石佛镇战斗中腿部负伤,养伤期间,他得到一位大娘的悉心照料,为此,他感激地表示自己一辈子不忘这种恩德,而大娘却说:“你打仗是为了谁呀,还不是为了你的大娘呀?……我们这里,因为有共产党领导,八路军打仗,穷人全有了活路……”。革命历史小说还通过生动的描写表现出,在炮火连天,革命形势严峻的年代里,是深厚的群众基础为革命事业的成功奠定了坚实的基础。《林海雪原》中,白茹为生病的蘑菇老人生火煮饭,为老人洗手擦脸,使饱受压迫,背井离乡的老人第一次感受到了亲人的温暖,善良的老人由此一定要认白茹做个干孙女,并向小分队详细介绍了奶头山的地理特征和具体路线,为小分队顺利歼灭土匪许大马棒立下了汗马功劳。《保卫延安》中,“老乡们给我们抓来五个敌人的谍报人员……”,为了救治部队伤员王老虎,五六个庄户人夜行奔走,冒着生命危险将他从白区送到红区交界处,然后,红区的几个妇女和孩子又历尽千辛万苦将他送到了部队。此外,像周大勇那样带领战士们帮助群众担水、劈柴、割草的事情。以及群众竞相为战士补衣、做饭的场景比比皆是,而且,群众之间还常常为了战士不吃群众家里的饭而与部队发生争执。战士与群众亲如一家,互敬互爱。房东老太太给周大勇缀纽扣的场景使他回忆起孩童时期拥有完整家庭时的欢乐,“他心里流动着愉快幸福的感情”。而老太太对子弟兵也充满了依赖,“我谋划:咱们边区是咱们共产党的老根本,还能白白地叫敌人占去?没过几天,你们就开来啦,叫人喜不尽!”这一切都表明了,正是这样关心百姓,扎根于群众,中国共产党才能够以革命的实际行动铸就自己辉煌的成功之路。

第二节 新历史小说:解构神圣革命历史

出现于20世纪八九十年代的《丰乳肥臀》、《白鹿原》、《故乡天下黄花》、《活着》等小说都是以中国革命历史为创作背景的,相较于具有亲历性的革命历史小说来说,新历史小说是反思性的。这一时期所流行的解构主义的“无系统、无中心的绝对自由”给作家们以思想启迪,使他们“以全新的结构——解构视角重新审视过去的诸多学说和定论,特别是关于绝对真理的起源与终极的可知性、历史记载的绝对客观性、文本解读的确凿性、权威性及可穷竭性、时空的隔离对立、知识的整体与绝对正确的可掌握性,等等,凡此类在形而上结构体系中被坚信不疑的学说都受到挑战和质疑。”①《活着》、《丰乳肥臀》、《故乡天下黄花》、《白鹿原》等作品是新历史小说中比较有代表性的作品。它们以中国近现代历史为描写背景,其中不可避免的涉及到曾经被革命历史小说重点描写的关于中国革命的历史内容,通过对这同一

① 郑敏:《结构——解构视角:语言-文化-评论》,清华大学出版社1998年第1版,第4页。

段历史生活的不同描写，我们能够充分地感受到当代的新历史小说作家对神圣革命历史的消解性的理解和认识。

一、对革命历史多元化的解构描写

新历史小说突破传统历史观念的束缚，将正统的革命史观变为非正统的大众史观，从民间文化的视角切入战争历史，与革命相关的那段历史不再以过去那种单一纯然的赤红色出现，个人史、家史、村史、地方史等各种形式的历史文本使革命历史生活作为背景资料出现，冲淡了革命战争中固有的那种血雨腥风的战争气味，使富有战争精神的传统红色历史推展为斑驳的“杂色”，将正史化的战争历史变为民间化的地方史、家族史、村落史。

《丰乳肥臀》、《白鹿原》、《故乡天下黄花》、《活着》等作品充分体现了解构主义中消解神圣，消解英雄形象的创作精神。这种文学现象的出现不是偶然的。“新历史小说产生在解构主义思潮涌起的年代，它的‘新’是相对于传统历史小说和革命历史小说而言的，其‘新’主要不在题材，而在于它提供了新的历史叙述方法，新的历史观念和新的艺术表现手法。”①比如，《活着》是一部典型的个人史，主人公福贵以回忆的方式介绍了从抗战结束到“文革”以后，自己由大富大贵到孤单贫穷的个人生活历史；《丰乳肥臀》是一部家族史，所描写的内容跨度较长，从二十世纪初期一直到二十世纪末期，记录了近百年间上官家女性的奋斗历史，其中抗战时期的生活是被重点描写的；《故乡天下黄花》是村落史，记录了民国初年到“文革”结束期间，马村这个小小村落在权力诱引下发生的种种祸端，同时也记录了中国革命的浪潮给

---

① 丁帆 许志英：《中国新时期小说主潮》，人民文学出版社 2002 年第 1 版，第 1088 页。

这个小村带来的冲击;《白鹿原》是一部地方史,记录了关中大地的白鹿原上以白鹿两家为核心的半个多世纪的历史纷争。

在新历史小说作品中,作家将革命历史作为遥远的、依稀模糊的背景,人物距离革命或远或近,参与革命与否完全不是人物形象必须做出的选择。兵荒马乱给普通民众带来的只有灾难、痛苦而没有革命历史小说中那种阶级意识的觉醒。作家们深入人物内心去挖掘敌我双方面对革命现实立场、态度的不同,瓦解了马克思主义的阶级观,拆解神圣形象中英雄情结,探索战争年代人性与反人性等具有人类意识的现代问题,具有非常明显的解构性。同时,他们拆解神圣革命历史,将英雄俗人化,打破了长期以来被传统理性仔细梳理过的革命历史头上的光环,力图展现革命时期社会生活的无序与混沌,对革命历史小说所建构的价值观念予以全面否定。仅以《活着》为例,我们通过福贵对往事的回忆,就能全面体会到新历史小说对革命历史小说所建构的各种价值观念的颠覆与解构。

地主出身的福贵一生多灾多难,年轻时,他仗着家里有钱过着骄奢淫逸的生活;抗战结束时,他败尽家财沦为佃农;解放战争期间,他意外地被卷入战争中,成为国民党部队一名总想着逃跑回家的士兵;解放后,生活困窘,灾难频繁,最终家人相继离世,只留下他在人世品味孤单和凄楚。虽然曾经是富甲一方的大地主,但是随着经济地位的江河日下,他的阶级成分也变换不定,地主(剥削阶级)——佃农(被剥削阶级)——国民党士兵(敌人)——新中国的劳动者(无产阶级),这种身份的变动不定本身就充满了解构与颠覆的意味。

小说中,首先被解构的是革命历史小说中所描绘的地主阶级的丑恶形象——为富不仁、贪婪狡诈,残酷剥削和压迫贫农。抗日战争期间,福贵过的是典型的地主阔少生活,穿着绸衣,吃着山珍海味,整日沉湎于嫖妓、赌博的奢侈生活。但是作家没有去探究他们的生活来源问题,而是将视点放在对生活状态本身的描写,意图还原一种在当时历史条件下可能具有的生活状态，因此，剥削、压迫这种概念或意图在作品中无迹可寻。读者既没有看到他们欺压百姓，也没有看到他们剥削佃户，他们只是在自己的消费方式上过于奢侈无度。在福贵他们这个地主家庭里，使他们终日念念不忘的不是阶级斗争与剥削压迫，也不是如何投靠侵略者去获取利益，而是父子之间常年不断的为维护封建家庭既有秩序而进行的内部争斗。福贵的父亲早年曾经与福贵一样过着荒唐的阔少生活，晚年则致力于经营和管理家业。他不愿看到儿子继续自己曾经经历过的荒淫生活，于是怀着强烈的身为人父的责任感，苦口婆心地教育不成器的儿子。当儿子赌输了全部家产，他虽然痛心疾首，可是仍然保持着做人的尊严，即使倾家荡产，也如数为儿子清还了赌债。这个老地主的表现与革命历史小说中的地主完全不同，是一个严厉、守信同时又不乏爱心的父亲形象。

福贵的母亲与革命历史小说所描写的地主老太婆的形象也相去甚远，她在书中是一个贤惠的、充满爱心的母亲形象。年轻时，尊崇三从四德的她容忍丈夫的荒唐；年老时，虽然经历了家道中落、丈夫去世的巨大变故，她仍然从精神上、行动上坚强地支持儿子度过难关，体现了中国妇女坚韧的一面。作了大半生养尊处优的地主太太的她，到了晚年却因为儿子的荒唐过起织补、拾草、挖野菜的穷人生活。但是，作为一个母亲，她像天下所有的母亲一样慈爱和宽容。为了让儿子建立重新生活的信心，她毫无怨言地织布为儿子做衣服，领着孙女挖野菜，“头发都白了，却要学着去干从没有干过的体力活。”儿子被抓丁后，人们都认为他是故态重萌去赌博了，而她直到生命的最后一刻仍然坚持着自己对儿子的信念，坚信儿子已经完全不同于昔日的浪子了。从阶级属性上来说，新历史小说作品中所描写的这种坚强、宽容和伟大的母爱是革命历史小说中的地主阶级女性人物绝对没有的优秀品质。

与福贵同甘共苦的妻子家珍是所有人物中最懂得爱的人。学生出身的她是有钱的米行老板的女儿，虽然是资产阶级出身，可是漂亮的她用一生来表达了自己对福贵发自肺腑的爱。为了阻止丈夫嫖妓，端庄、贤淑的她竭尽所能、想尽方法耐心劝导；为了不让丈夫赌博，她挺着八个月的身孕到赌场向丈夫下跪，遭到打骂仍然坚持；家中落魄后，她在城里富有的娘家生下儿子，而后坚定地返回家中，和丈夫一起穿上粗布衣服下地干活，“整天累得喘不过气来，还总是笑盈盈的”；当丈夫被抓差，婆婆病故，女儿失聪后，她仍然坚强地支撑着那个支离破碎的家，带着两个孩子艰难度日。直到去世的那一刻，她都是在爱的世界里生活着，爱丈夫、爱家、爱孩子，因此，她是一个与剥削阶级本质无关的、具有中国女性的传统美德的闪光形象。

阶级对立的既有观念在《活着》中也是被彻底颠覆、消解的。革命历史小说是充分展示阶级斗争的文学作品，“什么是阶级斗争？这就是一部分人反对另一部分人的斗争，无权的、被压迫的和劳动的群众反对特权的压迫者和寄生虫的斗争，雇工或无产者反对有产者或资产阶级的斗争。”①但是在新历史小说中，地主阶级与无产阶级之间的尖锐矛盾被化解了。《活着》中，作为地主剥削阶级的福贵一家与他们的长工、佃户之间不但没有阶级对立的冲突，反而有深厚的宾主之谊、邻里之情。

长根是福贵家的老雇工，很小就成了孤儿，由福贵的爷爷领回家，一生未娶，在福贵家兢兢业业干了几十年。按规矩，他老了该由福贵家养起来，可是，还完赌债后福贵连自己都无法养活，年老的长根只能离开，靠要饭过日子了。从阶级剥削和压迫的角度来看，长根是被地主剥夺了所有的劳动力和生活资料的无产阶级，他应该仇视、愤恨福贵这个长年欺压自己过着寄生虫生活的地主少爷。然而，阶级观念对他来说是不存在的，所以，临别前，他真诚地对福贵说：“要饭的皇帝也是皇帝，你没钱了也还是少爷。”并为少爷和自己的遭遇难过，与少爷

---

① 列宁：《给农村贫民》，《列宁全集》（六），人民出版社 1986 年版，第 383 页。

一起痛哭一场，而后依依惜别。后来，他还因为想念旧主专门回来看望福贵一家。当时已经租种土地，正学着自食其力的福贵被他感动，于是和母亲商量把他留在家里，认为“苦也要把他留下，我们每人剩两口饭也就养活他了。”长根被深深地打动了，他“看着我笑，笑着笑着眼泪掉了出来”，他说：“少爷，我没有帮你的力气了，有你这份心意我就够了。”他坚持着离开了旧日主人，承诺以后再来看望。后来，他果然来了，给福贵的女儿凤霞送来一根扎头的红绸，是他捡来的，他洗干净后放在胸口专门来送给凤霞。从那次以后福贵再也没有看见过他。可是，通过福贵的叙述，人们能够感受到他们之间深厚的情谊。这两个原本分属对立阶级的地主和长工表现出了超阶级的、人与人之间的真挚感情。

佃户王喜也对老东家表达了一份真挚的情谊。他知道曾经身为地主少爷的福贵是穿惯绸衣的，也知道落魄后的少爷是没有绸衣可以穿的，因此，他死前嘱咐儿子把他的旧绸衣送给福贵，好让昔日少爷死之前再穿上绸衣风光风光。从社会身份上来看，作为佃农的他的确属于被剥削阶级，然而他对确实剥削过自己的少东家的这份感情却完全消解了本应存在的阶级对立和冲突，革命历史小说里所表现出来的阶级界限在这里消失了。

新历史小说的其他作品也同样充满颠覆与解构既有观念的痕迹。在《白鹿原》中，地主白嘉轩这个人物是新历史小说对革命历史小说所塑造的地主形象的彻底颠覆。他是中国传统文化和道德的忠实捍卫者，身体力行地履行着族长的职责，是白氏家族中的领袖，同时也是白鹿原上的德高望重者。在家里，他亲自耕种田地，精心打理家中产业，以身作则教育子女积极进取；对待长工鹿三亲如手足，供给鹿三的儿子黑娃读书上学。在社会上，他不但没有像革命历史小说中的地主那样剥削、压迫无产阶级，反而为了维护农民利益发动农民集会，并取得了阶段性的胜利，赶走了鱼肉百姓的滋水县长史维华。白嘉轩这个地主阶级与普通人一样具有人类应有的情感和本性。而本应与地主阶级势不两立的长工鹿三与地主白嘉轩在思想观念上惊人的一致。他同白嘉轩一样恪守传统封建道德，为此，他拒绝承认儿子与坏女人田小娥的婚姻关系，认为是这个不守妇道的女人造成儿子黑娃和孝文的堕落，给他和他尊敬的白嘉轩两个家庭带来不堪回味的灾难。于是，他在一个漆黑的夜晚亲手杀死了这个孤独飘落异乡的可怜的女人。

二、打破阶级出身与政治倾向的必然联系

新历史小说中，阶级出身不能决定个人的政治倾向，革命历史发展的偶然性与必然性并行不悖，每个人选择革命方向都有很大的偶然性。革命历史小说中所描绘的那种单纯阶级色彩的革命队伍不复存在。

《白鹿原》中，广大被压迫阶级仿佛是戏台前面的看客，在政权更替和枪林弹雨中漠然审视着革命斗争，而压迫阶级中的鹿家兄弟、白家兄妹则积极参与到火热的革命与反革命的斗争中。其中，地主阶级的鹿兆鹏、鹿兆海两兄弟分别是共产党和国民党的中坚力量；地主阶级的白孝文、白灵两兄妹亦分属国、共两个政党，并各自为自己的政治信仰作出了巨大的牺牲和奉献。而跟随鹿兆鹏翻身闹革命的、贫农出身的黑娃在革命斗争中表现出了不坚定的革命政治立场。最初，他在共产党员鹿兆鹏领导下积极进行农村革命；国共合作破裂后，他流落匪帮，被迫加入土匪帮伙；既而，他被身居国民党保安团要职的白孝文招安，成为国民党的一名营长，同时拜师于白鹿原上的精魂朱先生，成为朱先生格外垂青的优秀学生。在这里，阶级出身对于政治方向的选择没有任何决定性的作用，分属不同阶级的人在不同境遇下根据自己的状况随机决定各自的政治方向，革命历史小说中的阶级与政治方向同一的原则被消解。

当革命浪潮涌起时，《故乡天下黄花》中马村的地主阶级是村里参与战争的主要力量，在革命历史小说中本应泾渭分明的阶级阵营在这里也同其他新历史小说所表现的一样混杂、斑驳。即使是同属一个派别的同一个大家庭里的人，在政治方向的选择上也是不尽相同的。阶级出身与政治方向完全无关。如地主孙家，叔叔孙毛旦当了汉奸，少爷孙屎根参加了八路军，孙屎根的母亲孙荆氏则既看不起当汉奸的孙毛旦，也不赞成儿子当八路军，但是考虑到利益，她笑着对孙毛旦说："你在日本，屎根在八路军，不管谁赢了，咱家都有大官，不是更好！"而孙屎根之所以选择共产党作为自己的政治方向并不是因为信仰共产主义，而是发现世仇李家的李小武参加了国民党，而且当了中央军的连长，为了不跟仇人在一起，他才决定投入共产党的八路军。但是，到八路军待了两个月，他发现这里生活艰苦，整天跟满身虱子的佃户挨在一起，而且，还尽讲发动群众、减租减息、联合抗日的一套，枯燥极了。为此，非常后悔，"后悔自己不该为个人意气，误入了部队，误了大事，现在想改正都来不及了。"后来，在新来的团政委的教导下，他看到了政治前途的光明，不再看不起满身虱子的佃户，帮助佃户挑水扫地，并积极投入减租减息等革命工作中，成为立场坚定的革命战士。另外，世代在他家被剥削压迫的马夫小冯在他的鼓动下也开始觉醒，参加了八路军部队，成为他的亲密战友和得力帮手，使得以阶级出身来划分纯色革命阵营的既有观念被轻易消解。同时被消解的还有神圣革命历史中所宣扬的那种为高尚的政治信仰而革命奋斗的精神。通过马村参加革命的群体以及所发生的各种事件，我们可以清楚地看到，参加革命与政党只是马村两派地主李家和孙、许两家争权夺利过程中的筹码。他们中没有任何人是为了革命信仰，为了纯粹的精神追求去选择政治方向投身革命的。

《活着》中福贵的阶级身份是不断变化的。他本是地主阔少，属于剥削阶级，后来落魄到了租种他人的土地维持生活，又成为名副其实的被剥削阶级。而在革命喧嚣的年代里,他的生活几乎是与革命绝缘的。他富贵时正是国民党当政而日本侵略者猖狂一时的时候,那时,他没有想过借助什么势力来保护财富;他贫穷时,抗战结束,国民党与共产党斗争激烈,作为被剥削者,他也没有想过通过什么方式翻身得解放。可以说,无论是国民党统治、日本人入侵,还是共产党轰轰烈烈的革命运动对他都没有产生任何思想上、精神上的触动。虽然他由大富大贵落魄到了住茅草屋,自己种地糊口的地步了,但是一家人在艰难中相互体贴、照顾,日子倒也过得融洽。他没有想过阶级压迫或革命的问题,只想跟家人和睦生活。后来,为了给母亲请医生,他离家进城,无意中与县太爷家的仆人扭打起来,由此偶然地被路过的国民党部队抓差,成为反动势力的走卒。

《丰乳肥臀》中除了上官家、司马家之外其他人几乎都没有明确的政治方向的选择,而上官家本身也并未因为同出一门而选择同一政治方向。上官家因为各乘龙快婿的复杂背景而成为中国现代革命力量的展示台,共产党、国民党、汉奸、美国兵、土匪等不同的身份的斗争力量汇聚在了贫农出身的上官家。同样,剥削阶级司马家的政治方向也没有统一起来,弟弟司马库坚决抗日,而哥哥司马亭则摇摆不定,当了日本人委任的维持会的会长。新历史小说表明,老一辈作家所欣赏并倡导的那种非此即彼的二元对立模式已经无法表达和再现他们心中的历史生活,阶级成分与政治方向完全没有关联。而且,《丰乳肥臀》中的矛盾是没有明显阶级差异的人的矛盾。小说中的各种人际关系都是建立在上官家的亲戚关系上的,准确地说是建立在上官家女性的姻亲关系上。而用司马库的话说,“所谓亲戚,都建立在男人和女人睡觉的关系上。”

自从上官家的女儿相继出落成标准的上官美人后,小说中的各种政治力量就陆续汇聚在了以女性占绝对优势的上官家。由此,打铁出身的上官家,有了大地主、大资产阶级、国民党官员的女婿司马库;有了土匪出身、先抗日后当汉奸的女婿沙月亮;有懂得外语的知识分子、共产党干部女婿鲁立人,还有农民出身的八路军战士女婿孙不言、难民出身的捕鸟专家女婿鸟儿韩、国民党同盟者的美国飞行员女婿巴比特,在亲情、感情交织中,在这个阶层混杂的大家庭里,阶级观念、政治立场都淡化了,阶级矛盾消隐到了战争时代的大背景中。在各为其主的争夺战中,他们真枪实弹的互不相让。在高密东北乡辽阔的大地上,上官家的女婿们演绎着你死我活的家庭战争剧。抗战中,鲁(蒋)立人消灭了汉奸女婿沙月亮;抗战胜利后,已是国民党官员的司马库赶走了鲁立人;1946 年春天,鲁立人杀了个回马枪,歼灭了司马库的司马支队,上官招弟、上官念弟和洋女婿巴比特在混乱中先后丧生。此后,司马库作为国民党遗留人员一直被鲁立人追击,最终也未能逃脱被枪决的命运。作为上官家的女婿,他们都有为家庭做贡献的意愿,实际上,在他们分别得势时,他们都为上官家的生活做了有力的保障,使这个大家庭在战乱年代享受着高水准的物质生活。但这并没有成为调和他们关系的纽带,残酷的战争使这个复杂的家庭伤痕累累,得到的和失去的同样超出一般家庭。

三、突破阶级意识局限的人的形象

革命历史小说置人性于阶级性之下。在新历史小说中,作家淡化阶级性,重点揭示跨越阶级的各种被社会意识扭曲了的人性和没有理性力量控制的兽性。在新历史小说中,人占据了文本的全部,人类共有的关于人性的善恶美丑的价值评判体系取代了历史上一度作为绝对权威的阶级意识观念。

“人性是指人的基本属性;人道主义是倡导关怀人、尊重人,以人为中心的一种社会思潮;而个体感性存在则是人性体现的生命形态。"①革命历史小说中的人性仅仅体现在被剥削、被压迫阶级,剥削压迫阶级是无人性可言的。如《苦菜花》中,王唯一为报鞭子之仇血洗了仁义家;王柬之为守住自己的秘密,残忍地杀死了自己养育十多年的杏莉;花子的婆婆为显示家长权威将花子捆绑回村,并准备溺死出生的婴儿。而作者正面描写的人物身上都闪烁着人性至善的光芒。在对待他人方面表现最为突出。动员群众躲避扫荡时,母亲忍辱面对四大爷的无理刁难;面对凶狠残忍的敌人,逃难的群众主动保护革命的德强和杏莉,谎称他们是自己的儿子、媳妇。尤其在扫荡中被要求认定亲属时,面对可能置亲人于死地的选择,花子、母亲、娟子等人毅然舍弃亲人而认党员干部为亲属,体现了人性的最高境界,使善的人情得到了完满的发挥。而在新历史小说的创作年代里,张扬个性,倡导人性,强调人文精神,追求自我独立是社会思潮的主流。因此,新历史小说注重表现战争胁迫下普通百姓的自然本性和生存困境,同时,人性是作为人类的共性被作家细心刻画和描绘的,不论是剥削阶级还是被剥削阶级,都体现了作为人的本性。

"人除了自然的本能生命,还有着自我创生的类生命,前者属于物种规定,后者则是作为自由、自觉的人的自为本性。"②《丰乳肥臀》、《白鹿原》、《故乡天下黄花》等新历史小说跨越阶级的界限来表现作为自由、自觉的人的自为本性。原来属于阶级定义涵盖范围内的地主长工、贫农、雇农等概念失去了旧有的领地,所有的人物都以生理个体的形象表达了作为人的真实情感和本性。《丰乳肥臀》中,属于地主剥削阶级的司马亭镇长在日本人侵时竭尽全力向乡亲们发出警示。日本人扫荡后,他又积极为死难者处理后事:在炎热的夏日,在散发着恶

---

① 陈美兰:《中国当代小说创作论》,上海文艺出版社 1991 年第 1 版,第 200 页。

② 高清海:《人就是"人"》,辽宁人民出版社 2001 年第 1 版,第 33 页。

臭的、成堆的尸体面前，死者的家属和收尸队员都难以忍受，他却本着入土为安的原则，与漫天飞舞，伺机啄尸的乌鸦奋力拼斗，又忍受了突如其来坚硬冰雹的袭击，将死难者安葬。作者对土匪、汉奸沙月亮的描写也表现出了温情脉脉的一面。作为土匪，他和手下奸淫掳掠，杀人越货，干尽了坏事；作为一个充满豪情的中国男人，他也曾英勇抗击日本人；作为一个人，他也有追求幸福，向往美好生活的人性的一面。以往文学作品中对这一类人物都是采取定性的、概念化的手法进行描写，而在新历史小说中则不然，作者通过对诸如此类人物的具体、生活化的描写，展示了一种时代观念的变迁。他身上体现了这一类人可能具有的丰富的人性，从而使作品本身具有了更强的艺术魅力。例如，在追求上官来弟时，他通过物质手段获得了上官家绝大多数的默许和支持；遭到岳母斩钉截铁的拒绝后，他在上官家院子里悬挂了八十八只肥大的野兔子作为聘礼，而后带着上官来弟扬长而去。可以说，正是因为他使用了充满浪漫、温情色彩的追求手法，上官来弟才会被他深深打动，抛弃亲人，和他一起去贩卖烟土、投靠日本人。作为一个丈夫，他爱妻子，努力创造条件使妻子感到幸福；作为父亲，他爱女儿，最终因为女儿被扣留做人质而乱了方寸，错误出兵，导致“悬梁自尽”，魂归异处。

如果说革命历史小说中展示了革命年代人们突破了本能生命的局限转向一种有别于动物的精神追求的话，那么，新历史小说则更多的告诉人们，在生存不具备起码条件的情况下，人的本能生命是如何被吞噬和毁灭的。国民党员田福贤总乡约在国共合作失败后，严惩共产党组织的农会成员，坚定的共产党员贺老大被吊在高杆上受墩刑，“乡民们看到一块血红的肉疙瘩在戏台前沿蹦弹了三下，那是贺老大咬断喷出来的舌头。田福贤用脚踩住它，狠劲转动大腿用脚碾蹭了几下。”此时的田福贤表现出的与其说是政治分歧造成的仇恨，不如说是动物本能的弑杀。被解放军部队包围的福贵们饥肠辘辘，每一次空投粮食都会看到饥寒交迫的士兵像恶狼一样疯狂的争抢，福贵、春生强脱下别人的鞋子作燃料煮饭，看着“那些光脚在冬天里一走一跳的人，嘿嘿笑个不停”。因为不知道明天还会不会活着，所以，他们放弃了求生的希望，只在本能驱使下为自己的温饱忙碌。

革命历史小说中真正实现了“妇女翻身得解放”的伟大历史进步，其中的女人推翻了千百年来压在自己身上沉重的封建桎梏，与男人处于平等的地位，同男性一样成为革命生活中重要的力量。但是，她们在争取与男人平等地位、争取做人的权利的同时却忽略了自己的女性的特有的心理和生理需求。所以，她们在作品中表现出的与其说是女人的解放，不如说是人的解放。《苦菜花》中的母亲、娟子、星梅，《风云初记》里的秋分、春儿、李佩钟，《野火春风斗古城》里的金环、银环姐妹，《林海雪原》中的白茹，她们没有一个人想过自己是生理结构和心理结构有别于男性的女儿身，而是把自己看作是和男人一样勇敢的战士，始终将革命需要放在生活的首位，也因此表现出了同男人一样的坚强勇敢。如，母亲为了革命忍受敌人残酷的折磨，并且为保守革命秘密眼睁睁地看着幼小的女儿被折磨至死；星梅为了革命工作与心爱的人分赴两地，且一再推迟婚期，直到生命终结也没有完成女人人生旅程中重要的由少女到女人的人生转折；寡妇身份的金环勇敢地为革命献身但却没有能够勇敢地追求自己作为女人的幸福，她和梁队长的感情因此暧昧不清，而幼小的女儿也因失去母亲成为流落人间的孤儿；银环、白茹在革命中成长为坚强的战士，但是她们在面对心爱的人时却只想到对革命工作的影响而没有想到作为一个女性自己拥有表达爱意的权利。而新历史小说作家笔下的女性与此截然不同。

《白鹿原》里的白灵在追求革命的光明前景时也在追求爱情的光明前景，因此她在怦然心动中将初吻给了鹿兆海，却又在革命与爱情的冲突、交织下转变了爱的方向，最终从革命同志鹿兆鹏那里获得了终身无悔的温暖的爱，“他的嘴唇，他的双手，他的胳膊和双腿上都带着火，触及到她的任何部位都能引起燃烧……这是一种无法遏止的回味。”《丰乳肥臀》中的女人，从母亲一辈的上官鲁氏到女儿一辈的上官来弟、上官招弟、上官领弟、上官盼弟等众多女性都是自我意识非常强的个性人物。因此，她们在传统道德与生理、心理欲求之间往往选择了后者。来弟为了自己的幸福毅然背叛家庭与沙月亮私奔；招弟对司马库充满了景仰之情，为此甘心情愿做他第四个老婆；领弟为鸟儿韩痴狂，又在哑巴的强奸中培养起极其健康的欲望；盼弟在鲁立人指引下走上了革命道路，同时也是在鲁立人指引下早早实现少女到女人的转折。在她们的自我意识中，自己首先是一个“女人”而不仅仅是一个“人”，有着正常健康女人所具有的一切需求和欲望，与男性相比有着生理和心理上本质的区别。因此我们说，新历史小说中的女性在获得人的解放的同时也获得了更多的作为女人的权利，甚至从某种程度上来说她们更具有传统女性“三从四德”的意味，其中的女性对男性的依附性要远远超越革命历史小说中的女性。而她们也因性别差异的凸显而显得更有女人味。《故乡天下黄花》和《活着》中的女性人物也同样是把自己摆在女性的角度考虑问题的，如家珍和婆婆都是严守三从四德的古训的传统女性，注重男性的权威地位，恪守传统妇德。其中家珍尤其具有女性所特有的韧性和耐性。面对放荡不羁的丈夫，她不离不弃，默默守候，最终以女人的本分姿态获得了福贵发自内心的最真诚的爱。当然，这些作品中也有因过于注重自己的女性生理结构而滥用女性权利的极端行为，如锅小巧利用自己的女性姿色改变生活状况；赵小狗的老婆牺牲女性尊严换取物质利益等等。

四、以人性代替阶级性描写政党与敌人

从文学现象本身来看，新历史小说在主观感情的表达上与“新写实小说”态度一致，即在文学作品中保持主观感情的“零度”介入。因

此,在新历史小说中没有革命历史小说中那样鲜明的主观立场。在描写政党时,作家也没有格外予以感情倾斜,而是本着人性描述的原则,对各个政党的所作所为进行描写,极大地改变了革命历史全力讴歌、赞美共产党的创作模式。虽然历史本身证明中国共产党曾经走过了艰难坎坷但却不平凡的光辉道路,但是在新历史小说中,共产党是以单纯、客观的政党身份出现,与其他乱世政党没有本质的区别,至少在普通百姓的主观认识上没有任何特殊之处。大多数群众并没有像革命历史小说所描述那样,对共产党的正确、伟大表现出空前一致的认识。

在《故乡天下黄花》中,孙屎根带领的八路军为百姓扫地打水,村里人高兴地说:“屎根训练的部队就是秋毫不犯!”“八路军没有架子!”而当村长的许布袋则不这么看,他认为八路军和国民党、土匪、日本人没有什么太大的差别,都需要村里派粮食,他哀叹,“一个月不出,来了几拨,中央军来收过一次粮款,八路军来收过一次粮款,土匪还来要过一次东西,现在又轮到你们(日本侵略者和汉奸)”,而所有的这些政党、派别带给百姓的只有痛苦,为了完成孙毛旦带来的派粮任务,他不得不动用武力,鞭打村民。当孙屎根责怪他为日本人办事积极时,他愤怒地说道:“你们知道老百姓苦,你们的队伍不也给老百姓派粮?告诉你,上次给你们敛粮食,我也吊打过人!不吊打哪有粮食,家家户户吃槐叶!”

《活着》是从一个国民党士兵的视角对共产党进行了正面描写。福贵被抓去拉大炮,一炮未发就被共产党部队包围了。随意克扣、枪杀士兵的连长腰里绑满了钞票逃跑了,福贵他们吃了几天生米都开始浮肿,“到这时死活已经不重要了,死之前能够吃上大饼也就知足了。”被俘后,解放军给俘虏们送来了大白馒头,向俘虏宣讲解放全中国的道理,并且宣布,愿意回家的可以领取路费回家。福贵被深深感动了,“想想解放军对我好,我要报恩。可我实在怕打仗,怕见不到家里人,为了家珍他们，我对自己说：'我就不报恩了，我记得解放军的好。'"

相较而言，《白鹿原》中关于政党，尤其是关于共产党的描写是与革命历史小说一脉相承的，不同之处在于《白鹿原》的描写更具体形象，更具有感人的生活气息。而《丰乳肥臀》对政党的描写则带有潜在的颠覆性。如关于共产党的描写，马童事件中共产党铁路爆炸大队里三代单传的俊美少年兵马童被以盗卖军火罪处决，临刑前他高呼："孙干娘、李干娘、崔干娘，干娘们哪，都出来保我吧……崔干娘，您跟大队长有交情，替我求条命吧……"，他那饱读诗书的爷爷来拉棺材时口吐血沫，道："抗日抗日，抗成一片花天酒地！"，班长王木根则说，"他那小子是死在那群浪干娘手里"，仅此一件事情就使得共产党革命队伍的神圣性遭到质疑和玷污。革命征途上征用民车的事情时有发生，这往往是表现军民鱼水深情的一个媒介，然而，在《丰乳肥臀》中这种表现军民深情的最佳模式也被颠覆解构了。书中描写到共产党部队征用民车运粮，途中农民王金父子的车轴意外断裂，他们为此遭到指导员郭沫福的残酷打骂，而后，郭沫福又强行征用剃头匠王超的独轮车，当王超心疼这半辈子心血换来的车时，郭沫福手拍着驳壳枪的木匣，阴沉地说："非要我掏出枪来崩了你是不是？"

在《丰乳肥臀》中颠覆、解构性的事件比比皆是，如枪毙司马库子女的事件中，司马库逃脱后，瞎子徐仙儿在斗争大会上要求枪毙司马库年幼的儿女，鲁立人在大人物张生的压力下无奈地说："我们枪毙的看起来是两个孩子，其实不是孩子，我们枪毙的是一种落后的社会制度……"；哑巴强奸民女事件中，哑巴孙不言升任班长后在上官家地道尽头的陈年草垛下奸污了神智不清的鸟仙上官领弟，按军法当处决以正军纪，但是，由于鸟仙的突然出现并表现出对哑巴的贪婪欲望，监刑的政委显示出优柔寡断，他为难地对上官鲁氏说："大嫂，您看这事……依我看，不如索性让他们成了亲吧……"。而关于国民党的描写，也与革命历史小说很不相同。如司马库枪毙财粮副官的事情就表现了一种对既有观念的解构。战争年代粮食紧缺,斜眼花为了粮食跟在村子里驻扎过的每个部队的每个财粮副官都有过皮肉之情(包括共产党员鲁立人领导的爆破大队),然而当她和司马库的财粮副官王百和发生交易后,司马粮偷偷告诉上官金童:“俺爹说明天就要枪毙财粮王副官”,由此体现了国民党部队严明的组织纪律性。当国民党还乡团的小狮子为了凑足一百人要活埋郭马氏,作为上司的司马库威严地说:“该杀的杀,不该杀的别杀。”为此,郭马氏认为,“司马库还是个讲理的人……”,这些颠覆性解构性的描写充分表现出了新历史小说中与革命历史小说不同的政党观念。

新历史小说作家莫言曾经这样说过:“八十年代的创作环境允许我们站在一个相对更超脱一点的角度上来看人、写人,把敌人也当人看待,当人来写。”①这种创作观念在所有的新历史小说中几乎都得到了体现。

新历史小说表明,在革命历史背景下,每个具体生命个体都不可避免的拥有了惨痛的经历,每个处于无情战火中的个体都作为生理意义的人为战争付出了很多,即使是统治阶级、压迫阶级和资产阶级也都表现出人性的一面。因此,翻开新历史小说,我们能够看到在革命历史小说中被抽象化、概念化、符号化的敌人以立体、形象的姿态站立起来,成为真实、生动的文学形象,极大地丰富了革命历史文学长廊中的人物形象。比如《故乡天下黄花》中,以残暴无情著称的日本侵略者在小说中也有温情备至的、人性的本真表现。其中的侵略者若松中队长,因为生来寡言少语而不被上司喜欢,并被派遣到中国作战,他渴望战争早日结束,渴望与家人团聚。在驻地,他常常换穿便服在街上闲逛,看到小孩他就高兴地笑,还发糖给人家吃。妻子寄来一只用纸折的蛤蟆使他“笑着看了一天”。然而就是这样一个充满爱心和温情的

---

① 莫言、王尧:《从红高粱到檀香刑》,《当代作家评论》,2002年第1期,第14页。

人,转眼间就变成了帝国主义恶魔,指挥着士兵残忍地血洗了整个村落。几个日本兵看到许布袋家院子里的枣树,长着娃娃脸的那个脱掉鞋就往枣树上爬。"他在树上打枣,其他四个日本兵在树下抢着拾枣吃,倒像一群嘻嘻哈哈的孩子。一个日本兵还把一捧枣递给许布袋",但是,转眼间,这些唱歌跳舞,像孩子一样的日本兵就变得像凶神恶煞一样,用刺刀把给他们做辣子鸡的小得的肚子给挑了。小说没有简单地处理这些敌人的形象,而是通过一些具体的前因后果为人物性格、行为的发展作了充分而完备的铺垫,从而使"敌人"这个概念突破既有的阶级樊篱而具体化、生活化,更具有艺术的魅力。

《活着》通过一个老人的回忆,从一个国民党士兵——敌人的视角展示了革命历史生活的另一种画面。剥削阶级的福贵落魄为被剥削阶级后被抓差,被迫参加了国民党的部队,成为既有革命历史观念中的"敌人"。然而在革命历史小说中被描绘得野蛮、凶狠、无耻、残酷的国民党士兵在福贵的娓娓诉说中却显得那样无奈而无助。福贵牵挂着家中生病的母亲和相濡以沫的妻子及幼小的儿女,然而,他不敢说想回家,因为那样的结果只能是被连长的冷枪打死。他也没有希望逃跑,因为战友老全当兵六年多,逃跑七次,每次都被别的部队拉去,他已经不想再逃跑了。他们连里有十多个十五六岁的孩子,有一个叫春生的娃娃兵,对自己的前途一无所知,总是问往北是不是打仗,还问:"我们会不会被打死?"他树立起了敌人形象中前所未有的纯真和无知。老全中弹倒下,血流如注,临死前他苦笑:"老子连死在什么地方都不知道。"对于眷念故土的中国人来说,魂归故里,叶落归根是逝去者最大的心愿,因此老全的临终慨叹使敌人的形象充满了萧索和凄凉感。当他们在围困中饥寒交迫,死亡频顾时,敌人这个形象中又增添了令人同情和可怜的成分。几千名伤号被抛在坑道里,风雪交加但却没有任何救治手段,翌日清晨,昨天还在喊叫的几千伤号全都停止了呼吸,横七竖八地躺在地上,身上盖了一层薄薄的雪花。敌人的这种悲惨结果使得战争的残酷性得到了进一步的认定。

作为喧嚣一时的文学现象,新历史小说这种以革命历史为基本创作背景的作品在表现英雄方面呈现出了明显的时代特征。英雄缺失或塑造不完美的英雄形象是新历史小说对神圣革命历史进行解构的另一个重要表现。

在革命历史小说创作的年代,英雄观念广泛存在并且被社会认可和接纳,英雄形象的行为成为规范社会生活的价值导向。但是英雄却又因其完美性而成为人们追求、向往但却永远无法达到的一种圣人状态。时隔近半个世纪,在改革开放,西方思潮涌动,社会观念变迁的和平时代,英雄的概念在社会价值观念中日趋淡漠,表现在文学作品中,就是英雄形象的缺失或塑造不完美的英雄形象。因为,“新历史小说并不以真实的历史人物、历史事件为框架来构筑历史故事,而只是把小说人物活动的时空推到‘历史形态’中,其表现的仍是现代的人生态度与思想感情。时间的历史性和人物故事的现代性并行不悖。”①所以,这个时期出现在文学作品中的为数不多的英雄形象与革命历史所定义的英雄已经不同。

革命历史小说的英雄是特指那种不怕困难,不顾自己,为人民利益而英勇斗争,令人钦敬的勇猛者,而在新历史小说中,英雄是被赋予了新内涵的旧概念,专指那些性格豪放、行为坦荡、令人钦佩的传奇式的勇猛者。因此,新历史小说中为数不多的那些英雄与从前革命历史小说所塑造的英雄大相径庭,而与传统文化中的绿林好汉颇多相似之处。他们不再是完美无瑕的,而是从神坛回归到人间,有弱点,有缺陷,是更具人性的个性化的英雄。而且,革命历史小说中英雄的必备条件——正确的政治方向,已不再是成为英雄所必需的条件。

① 吴义勤:《“历史”的误读:对于1989年以来文学现象的阐释》,《文艺评论》,1993年第4期,第39页。

《活着》、《故乡天下黄花》是英雄缺失的作品。《活着》重在表现战争中人的生活状态，其中的一切都是以革命之外的普通人的视角来呈现的，满溢着沉静、平淡、忧伤、无奈的情绪而不具备任何英雄的豪情和气概。《故乡天下黄花》的杀手和年轻时的许布袋是略有好汉气质的人，而积极参与革命的李晓武、孙屎根在作品中都只是一种符号化的象征，仿佛瀚海汪洋中的一滴水那样平常、普通，既没有丰功伟绩，也没有赫赫战功。他们的存在仅仅体现了战争年代不同的政治方向而没有任何其他意义。而《白鹿原》中，英雄被常人化、生活化，以普通革命者的形象出现，失去了传统上的神圣光环。作者以还原生活的笔法将那些具有英雄潜质的革命者真切地展示出来，使他们与现实生活中的普通人距离很近，近得似乎他们的英雄行为与常人行为只有一步之遥。因此，新历史小说难以形成革命历史小说中那种导引成千上万受压迫者的磅礴的精神气势。例如，鹿兆鹏、白灵、贺老大、韩裁缝等共产党员如同《野火春风斗古城》中的杨晓冬、杨老太太们一样，在各自的革命工作中都有不同寻常的英雄之举，然而他们同时也有杨晓冬们所不具有的凡人的情感、弱点乃至道德伦理上的错误。从客观条件上来看，共产党员鹿兆鹏与白灵都出身于剥削阶级。在主观感情上，他们在革命过程中违背了革命纪律和原则，在火热的革命生活中融入了赤裸裸的感情和欲望。而且，他们在突破革命禁忌之前首先突破的是中国传统伦理道德的界限，因为鹿兆鹏与白灵原本应该是大伯子和弟媳妇的关系。虽然鹿兆鹏也曾经犹豫过，但是在精神共鸣的基础上产生的爱情使他们无处逃避，灵与肉的完全结合使他们的人生充满了温情和浪漫色彩。虽然出身剥削阶级，但是他们却是向自己的所属阶级宣战的坚定的革命者，同时，他们也通过感性情感的表达和宣泄证明了革命者作为一个有血有肉、感情充沛的人本质性的特征。

从革命历史小说的角度来看，《白鹿原》中鹿兆海、鹿兆谦（黑娃）也是不可饶恕的敌人，或者说是革命叛徒。然而学生出身的鹿兆海虽然由共产党转向了国民党,改变了政治方向,但是,他的转变并不是以损害他人获取利益为前提的。国共合作时,他和恋人白灵对两党并没有清楚的认识,所以,由抛硬币的方法决定了两个人的政治方向,他加入共产党,白灵加入国民党。而后,在实际的革命工作中,他们都通过亲身实践感受到了两个政党之间的差距,于是,不约而同地选择了自己心目中能够救国救民的政党,由此,相爱的两人随着党派的对立成为分道扬镳的对立双方。可是,他并没有因此改变良好的军人作风,像革命历史小说所描写的国民党那样胡作非为、鱼肉百姓。相反,他是家乡有口皆碑的好军官,并且不计前嫌,帮助成为异己力量的共产党员白灵和哥哥鹿兆鹏。即使在得知爱人与哥哥结合后,他也没有狭隘的报复和打击,依然忍住心灵的伤痛,帮助怀有哥哥骨肉的白灵。当日本侵略者开始在中国大地上猖狂挺进、恣意妄为时,他带着朱先生的题字,"砥柱人间是此峰"、"白鹿精魂",抱着战死不归的信念,告别家乡奔赴潼关最后一道门扇中条山去打击日寇。临别时他答应朱先生,给他带一撮倭寇的毛发,并留下激昂的言语:"要是守不住中条山,让日本兵进入潼关践踏关中,我就不回来见先生,也无颜见关中父老。"他战死疆场后,被作为抗日英雄厚葬,葬礼上,马营长给朱先生送来了兆海托付的铁皮罐头盒,里面赫然有四十三撮毛发。他是缺少英雄形象的新历史小说中唯一以英雄的身份被描写的人物。

黑娃鹿兆谦应该也是一个敌人,但是他那充满了传奇色彩的一生使"敌人"这个概念变得复杂起来。他出身长工家庭,先后当过长工、农会主席、共产党首长的警卫、土匪、国民党保安团的营长、解放后的滋水县的副县长,最后,他又被作为反革命分子被政府处决了。与他恩怨纠葛难以理清的白嘉轩因为这不公平的判决"气血蒙目",失去了一只眼睛。而他作为一名敌方军官所展示的形象也是与革命历史小说很不相同的。他从土匪受降招安到国民党保安团后,首先从自身做起,进行自觉的脱胎换骨的修身,摒弃所有的坏习气,拜师于白鹿原第一贤人朱先生，"强硬地迫使自己接受并养成一个好人所应具备的素质，中国古代先圣先贤们的镂骨铭心的哲理，一层一层自外至里陶冶着这个桀骜不驯的土匪胚子。"同时，他更严厉的整饬手下人马，把大烟鬼绑到炮筒子上戒烟，使土匪们的体质发生变化；把违反纪律在街道上摸女人屁股的团丁扒光衣服绑到树上，让炮营每个团丁抽打，使保安团的形象发生前所未有的变化，同时也带动了其他部队开展整顿活动。由此，他在整个县城里名声大振，赢得了居民们的一致好评。这个身份变化巨大的敌人也为新历史小说的解构增添了很多风采。他给读者留下的印象与其说是与革命背道而驰的敌人，不如说是颇具传统英雄气概的铮铮男儿。

《丰乳肥臀》里本应出现英雄的阶级里没有出现类似革命历史小说中所塑造的那种勇武过人，不怕困难，不顾自己，为人民利益而英勇斗争，令人钦敬的英雄。其中最有可能成为英雄的爆炸大队政委蒋立人，大学毕业，能写会画，还精通英文，但是，他只会空洞说教而从未说服过任何人。而且，他还犯了一个革命历史小说中英雄最不允许犯的错误——与未婚少女上官盼弟苟合。虽然后来他们结成革命夫妻，但是已经在社会上造成了恶劣影响。上官来弟就曾说过，"你们看，她还像个黄花闺女吗？她那两个奶子，被姓蒋的啃得成了糠萝卜。"在他岳母上官鲁氏眼里，他"棉花里藏针，肚子里有牙"，不是光明磊落的人。相反，本应为富不仁，欺压百姓，贪婪凶残的资产阶级中却涌现出了一位积极抗日，集豪放、坚强、勇敢、果断等优秀品质于一身的硬汉英雄司马库。

忠实追随国民党政权的司马库是当地首富，但是他与革命历史小说所描绘的那些地主阶级、统治阶级人物有很大的差异，是当地首屈一指的具有强烈爱国主义、民族主义的抗日首领。当日本人肆虐中国侵入高密东北乡时，他用浇透了美酒的谷草在蛟龙河大桥上摆了火龙阵，试图以熊熊燃烧的烈火阻止敌人入侵。面对着被烈火拦住了去路的日本侵略兵他庄严宣告:“你过得了卢沟桥,过不了我的火龙桥!”为打击日本侵略者,他组建队伍,聘请技师,拆毁大桥,使敌人的火车坠入冰冷的长河;为了使当地民众抵御外侵,参与抗日,他将自己抗日的行动编导成戏剧,并亲自参演;因为积极抗日,他成为日本人的眼中钉,遭受了一家十八口被残酷杀害的灭门之灾。仅仅从这一点上来看,就可以说他是为了抗日大业奉献一切的英雄。而他作为一方首富,并没有像革命历史小说的富人那样贪婪狡诈,施暴于弱者,而是以自己的实际行动赢得了广泛的赞誉,成为民众心目中顶天立地的硬汉英雄。例如,为了解决乡亲们冬日取水的困难,他让他的技师在密封的冰河上切了八八六十四个窟窿,并高兴地说,“让乡亲们跟着我司马库沾光”;为了庆贺抗战胜利和自己重返家园,他宰猪杀牛,备好美酒,让抗战中饱受饥饿之苦的乡亲们随意享受,“任何人都可以前来割食,你割下一只猪耳朵扔给旁边的狗也没人干涉”;被俘后,他机智地从水流湍急的蛟龙河逃逸,并以超人的生存智慧游荡于政府的天罗地网之间,但听说岳母一家因为自己而被无情拷打后,却又义无反顾地投案自首;临刑前,他拒绝背对枪口,坦然面对执刑者,“脸上浮起冰一样的微笑”离开生者的世界。终其一生,可以用他岳母的话来评价,“他是混蛋,也是条好汉。这样的人,从前的岁月里,隔上是十年八年就会出一个,今后,怕是要绝种了。”在新历史小说中,司马库是普通民众眼中最具有英雄气概的、最后的、传奇式的英雄。

第四章

从革命历史小说与新历史小说的反差中探寻变化的轨迹

第一节　文学创作、意识形态与社会生活

“社会历史处境决定了作家心态的生成和发展，也决定了当代中国文学的精神向度”，①对于革命历史小说和新历史小说作家来说，他们所处的社会历史环境使他们具有不同的创作心态，因此，面对的相同的革命历史素材他们会有不同的选择和判断，从而造就了不同的精神内涵。由于视角的转变和取材的不同，革命历史小说与新历史小说对同一段历史的反映表现出了巨大的时代差异性。通过对这种文学现象的探寻，我们可以发现蕴涵于其中的源自社会本身深层原因。

一、由表现必然走向展示偶然

文学创作与作家所处时代的社会生活状况密不可分，与当时的社会经济、物质生活以及政治、伦理、道德、审美情感都有极为密切的关

① 孟繁华：《梦幻与宿命》，广东人民出版社1999年第1版，第1页。

系，其中，最关键的因素应该是当时社会经济和政治状况。同样是描写战争期间普通百姓的生活，革命历史小说力图从政治视角表现出被压迫的人民由自发到自觉的觉醒过程，重在表现革命的合理性和必然性，而新历史小说作家注重发掘灾难深重环境下人的生存状态，他们通过表现福贵们与上官鲁氏们在战乱中的顽强求生的欲望和生命的韧性，表现人在艰难困境中所具有的非凡的生存能力。

革命历史小说大多产生在五十年代中后期，从宏观上来看，它们的集中产生“首先与当时普遍的革命历史传统教育有密切关系，大多数作家都自觉将文学创作与革命传统教育结合起来，使文学体现强烈的政治目的。”①从微观角度来分析，这种文学潮流的形成是由多方面因素共同促成的。一方面，历经战火洗礼的作家在革命战争中或耳闻目睹，或亲身经历，为表现革命战争生活创作积累了大量的写作素材，建国后，百废待兴的国家迅速度过了艰难的经济恢复时期，新政权的朝气蓬勃使社会生产力得到极大发展，社会稳定的政治局面使作家有充分的写作条件进行洋洋数十万言的长篇创作。另一方面，由社会政治变革和经济变革而激荡起来的奋发图强的时代精神对文学创作本身是一种巨大的感召力量。因为，自1949年新中国成立，仅仅经过了短短几年的艰苦创业，到1953年左右，中国的经济建设就开始步入正轨，整个社会生活呈现了蒸蒸日上的气象。作家们面对新生活、新气象激情澎湃，渴望通过文学创作来表达自己对新生政权的热爱以及对往昔峥嵘岁月的深刻记忆；而广大民众在新社会体会到了国家主人翁的自豪和喜悦，心中充满了安定感和幸福感，在致力于社会主义建设的同时产生了精神领域内新的渴求，而当时，文学是满足民众精神渴求的最佳渠道。由此，在客观因素和主观因素的合力打造下，当代文学史上产生了一批具有鲜明时代特色的、以讴歌革命精神为基调的红

① 陈思和:《中国当代文学史教程》，复旦大学出版社1999年第1版，第75页。

色经典文学作品，其中包括：《保卫延安》(1954)、《风云初记》(1955)、《林海雪原》(1957)、《苦菜花》(1958)、《野火春风斗古城》(1958)等，这些小说以恢弘的气势广阔而深刻地反映了中国人民的历史命运和革命道路，真实体现了中国创建新生活的艰辛历程。

革命历史小说作家在精神力量的支持鼓舞下创作，书写了由精神力量创造出的战争奇迹。在他们笔下，感情必须让位于理智，服从于革命事业的需要，并且，他们对道德高度重视，总是对人物行为进行道德评价。但是，由于过于压抑人的本能生命的欲望，他们落笔于情时常常过于慎重、含蓄，从而使得人物形象显得保守而僵化，缺乏情韵，失去了应有的丰富性和生动性。而且，由于种种原因，尤其是来自意识形态的制约，革命历史小说本身存在着不可弥补的缺憾。因为"意识形态是历史精神的权威发出者或阐释者，或者说，历史精神主要是由意识形态话语体现的，它具有'制度化'的功能，它所倡导和抵制的不允许无视和超越，它无处不在的制约力使每个作家必须认真考虑并实行。"①革命历史小说作家无法回避当时意识形态的制约，这是一个客观存在的历史问题。因此，虽然革命历史小说作家以尊崇的心态面对中国革命历史和当代社会生活，并以革命现实主义与浪漫主义相结合的手法成功地创造了自己尊崇的人物和故事，但同时他们也常常把复杂的问题简单化，削弱了作品的艺术魅力。

文学是社会生活的反映，而现实生活中存在着各种各样的现象、矛盾、冲突和问题。但是，革命历史小说在处理现实生活的题材时，以战时两军对垒的思维将复杂的社会生活简单化、概念化处理，将所有的现象、矛盾和问题分门别类地划分得泾渭分明，失去了生活本应具有的丰富性、复杂性以及发展变动性。这个问题在当时具有普遍性，早在小说创作的年代就已经有人指出，"我们今天有些小说实在写得

---

① 孟繁华：《梦幻与宿命》，广东人民出版社1999年第1版，第2页。

简单而且表面。它们或者只是某一种运动、某一种工作的一般过程的重复的报导，或者只是某一些大家都知道的现成的概念和结论的简单的定义。曾经有人说这种作品是'政策加故事'。"①虽然被称为"红色经典"的革命历史小说相较于同时代作品在这方面表现得并不突出，但是，受同时代创作风气的影响，它们仍然不可避免地呈现出一定程度的简单化、概念化的倾向。

仅以地主与贫农、雇农之间的关系来说就能看出革命历史小说在内容上的概念化倾向。在革命历史小说中地主和农民的界限划分常常是分明而且固定不变的，如《苦菜花》中王唯一和王柬芝、《风云初记》中的田大瞎子等，他们的地主身份是世袭的，剥削本质也是与生俱来的，是被极力抨击和暴露的罪恶的剥削阶级。但是，在现实社会生活中，地主阶层并不是一个像革命历史小说所表现的那种生来就被批判和鄙视的阶层，每个勤劳本分的农民都渴望通过辛勤劳动，精打细算成为土地的拥有者——地主。于是，有人通过劳动积累成为地主，也有人因为不善经营从地主沦为贫农。对于个体来说，地主与贫农的身份并不是永远不可更改的固定的阶级符号。在《白鹿原》中，地主白嘉轩的祖辈的一支由于吃喝嫖赌抽五毒俱全，将家产荡尽，沦为乞丐；另一支，也就是他的直接祖上，靠着勤劳、坚韧和信念，从出卖苦力的小工终于兴业发家，再度成为富甲一方的地主，并一直延续到白嘉轩这一代。另一个地主鹿子霖则充分展示了一个剥削阶级地主家道没落经济状况急剧衰落的过程。同样，《活着》中，福贵本是远近闻名的大地主，但是，他沉迷于嫖赌之中，最终输光了全部家产，沦为自食其力的佃农。因此，新历史小说中的阶级成分是一项不断发展变化的指数，他们的社会属性和个体本质也在所属成分的变化中变化发展。

---

① 何其芳：《更多的作品，更高的思想艺术水平》，《关于写诗和读诗》，作家出版社1956年版，第13页。

文学源于生活而高于生活,是社会生活的反映。在革命历史小说和新历史小说中,我们都能透过具体生动的感性描写看到蕴涵其中的概括、抽象的时代观念的痕迹。但是,由于相隔数十年的时光距离,人们的观念形成了巨大的时代差异,通过对比,我们可以看到,革命历史小说所反映的时代观念在新历史小说中已经成为截然不同的另一种价值判断。

历史辩证地看,在革命历史小说中,地主与农民截然对立的压迫与被压迫的关系是当时社会现实中客观存在的一种普遍现象。可是,这并不能全面概括复杂多样的社会关系。《苦菜花》中,母亲一家和地主王唯一之间的仇恨对立关系是肯定存在的,但是,《白鹿原》中地主白嘉轩与长工鹿三之间的那种亲如手足的关系,以及《活着》中长工长根对地主福贵一家由衷的关心和牵挂也同样可能存在。更有甚者,还有像《故乡天下黄花》中描写的那种佃农乐于与地主攀亲的现象,佃农的女儿锅小巧喜滋滋地嫁给地主少东家孙殿元当小老婆,这在当时应该也是比较具有代表性的现象。革命历史小说的问题就在于,作家在创作时将所有的变动因素都剔除,只抽取了各种可能情况中的一种进行描写,并且肯定自己所描写的这种地主与农民之间关系就是当时社会地主与农民关系的真实写照。虽然这种处理使问题简单明了,有助于深化描写,但是,杂取种种弊端,排斥其他一切良性和中性素材,使小说成为阶级学说的概念图解,整体内容呈现出明显的概念化倾向。

偶然和必然是对立统一的概念,"偶然性只是相互依存性的一极,它的另一极叫做必然性。在似乎也是受偶然性支配的自然界中,我们早就证实,在每一个领域内都有在这种偶然性中为自己开辟道路的内在的必然性和规律性。然而适用于自然界的,也适用于社会。"①传统

① 恩格斯:《家庭、私有制和国家的起源》,《马克思恩格斯选集》(四),人民出版社1972年版,第171页。

历史观念认为历史是按照因果规律、必然规律编制起来的客观事实，是容不得丝毫虚假和主观臆测的。对于革命历史来说，中国共产党在建党后所走的是必然胜利的道路，虽然在必然之路上有过偶然事件的发生，但是革命历史小说回避了对偶然性的描写，只注重客观、必然的重大事件，使得革命历史的发展脉络显得清晰、明确，具有空前一致的方向性。而新历史小说则不然，这类小说多数是酝酿于八十年代中后期，成书于九十年代前期，中国社会政治、经济、文化等各个方面都产生了巨大的变革。对于这些作品的作者来说，“如果‘偶然性’不起任何作用的话，那么世界历史就会带有非常神秘的性质。”①因此，他们在参照前人的基础上，挖掘与前辈不同的素材，关注必然之外的主观、偶然事件，并将这种可能存在的偶然性无限放大，赋予其普遍性的特征。作为在新中国成立后产生成长起来的新一代作家，他们在质疑和颠覆的前提下将目光对准了革命历史题材，并以特有的精神理念表达了对既有文学范式以及革命历史态度的不同认识和看法，《故乡天下黄花》(1991)、《白鹿原》(1993)、《活着》(1993)、《丰乳肥臀》(1995)等一大批以革命历史为背景的作品，通过一种全新的视角展示了另外一种革命历史生活。这种文学文本中表达的是一种具有人道主义和个性精神的历史意识，完全有别于红色经典的以政治为主体的历史意识，是在全新理念引导下创作出的新的革命历史小说。

与建国初期相比较，新历史小说产生的这一时期的一个重要的社会现象是文学和作家的边缘化。文学不再是高高在上的、给人以思想启迪和行为示范的教化工具，作家头上的光环也在市场经济的商品大潮中失去了光芒。随着国家经济领域改革开放的深入进行，商品意识已经逐渐渗透于社会文化领域，文学译介、对外访问交流以及纷至沓

---

① 马克思:《致路·库格曼》,《马克思恩格斯选集》(四),人民出版社 1972 年版,第 393 页。

来的世界文学潮流和新观念、新方法，使人们眼花缭乱。从文学本身来看，放弃政治教化目的的作家们在开放的世界转变了创作观念和写作视角，"当代文学史上第一次出现了无主潮、无定向、无共名的现象，几种文学走向同时并存，表达出多元的价值取向。"①当代文学完全打破了过去那种单一、纯粹、政治化的格局，文学对人对事对生活的描摹，不再是政治的翻版，而是多种多样的，从心理、伦理、行为、价值、文化和哲学等多方面表达色彩斑斓的世界。作家们站在不同立场上写作，在社会文化空间发出了独立存在的声音，创造出属于自己的创作风格，写出了许多优秀的文学作品。

二、由为政治服务转向为人民服务

革命历史小说在总的政治路线指导下认识现实，并强调作品对总的政治路线的服务性，深入思考如何加强作品的艺术性和宣传作用，以政治路线衡量作品是否有益于推动现实生活向积极方向发展；而新历史小说以不违背政治路线为基准，通过作品自由表达自己对社会、人生的认识和体验，不再考虑文学的宣传作用以及是否能在社会中产生积极的政治思想意义。

革命历史小说对政治路线的理解和接受是有历史积累的。早在1942年的延安文艺座谈会上，当时的领袖人物毛泽东就明确指出，"文艺是从属于政治的，但又反来给予伟大的影响于政治。革命文艺是整个革命事业的一部分"，②他认为，在战火连天、局势莫测的年代里，工农兵"迫切要求一个普遍的启蒙运动，迫切要求得到他们所急需

---

① 陈思和：《中国当代文学史教程》，复旦大学出版社1999年第1版，第322页。

② 毛泽东：《在延安文艺座谈会上的讲话》，《毛泽东选集》（三），人民出版社1991年版，第847－877页。

的和容易接受的文化知识和文艺作品，去提高他们斗争热情和胜利信心，加强他们的团结，便于他们同心同德地去和敌人作斗争”，①强调革命作家们要站在无产阶级和人民大众的立场上，歌颂人民军队和人民的政党，暴露一切人民的敌人的残暴和欺骗；要了解和熟悉广大工农兵的生活，使自己的创作成为他们的精神食粮；要学习马列主义和社会知识，剔除自己错误的思想观念，如，追求超阶级的爱、抽象的人性等等，要明白在阶级社会里只有阶级的爱，因为“世界上没有无缘无故的爱，也没有无缘无故的恨。至于所谓的‘人类的爱’，自从人类划分为阶级以后，就没有过这种统一的爱。”②另外，座谈会上还提到了艺术标准问题，指明“任何阶级社会的任何阶级，总是以政治标准放在第一位，以艺术标准放在第二位的……我们的要求则是政治和艺术的统一，内容和形式的统一，革命的政治内容和尽可能完美的艺术形式的统一。”③《讲话》精神获得了文学队伍几乎是众口一词的赞同，非常有力地统一了文艺工作者的思想认识，从而使得文艺工作者能够“根据实际生活创造出各种各样的人物来，帮助群众推动历史的前进”，为中国的全面解放做出的应有的贡献。建国之后，这种源自战时的文艺路线依然处于非常重要的地位。1949 年 7 月，中华全国文学艺术工作者代表大会（第一次文代会）召开，又正式确立了毛泽东《在延安文艺座谈会上的讲话》所规定的中国文艺新方向为全国文艺工作的方向。革命历史小说作家是在这种文艺方向指引下成长起来的革命战士，他们坚信，“一切革命的文学艺术家只有联系群众，表现群众，把自己当作群众的忠实的代言人，他们的工作才有意义。只有代表群众才能教

① 毛泽东：《在延安文艺座谈会上的讲话》，《毛泽东选集》（三），人民出版社 1991 年版，第 847 – 877 页。

② 毛泽东：《在延安文艺座谈会上的讲话》，《毛泽东选集》（三），人民出版社 1991 年版，第 847 – 877 页。

③ 同上。

育群众,只有做群众的学生才能做群众的先生。"①为此,他们积极响应,并认真实践,将延安文艺座谈会的讲话精神切实融入到自己的作品中,使自己的作品成为忠实于政治服务的教化工具,由此成为当代文学史上的一种独特景观。

革命历史小说中政治话语在作品中往往随处可见,而且,这些话语在作品中都具有非常重要的地位,是作品中导引方向的一种基调。这种现象与当时的社会生活的实际状况有关。当时的文学泰斗郭沫若曾经说过:"文艺不仅要政治的,而且要比政治还要政治的。"②当时的文艺官员周扬也同样表达了文学应该政治化的意见,认为"在文艺作品中表现政策,最根本地就是表现党和人民的血肉相连的关系以及党对群众的领导,表现人民中先进和落后力量的斗争,表现共产党员作为先锋队的模范作用,表现人民民主制度的优越性。"③在官方领导和民间认同的合力下,当时所有的文学作品都具有浓厚的政治化色彩。作为描写革命生活的经典作品,革命历史小说更是当仁不让,字里行间都有政治观念的痕迹,许多章节还有大段大段的政治说教描写。不论是革命领导还是普通群众,不论是同志交流还是亲人恳谈,政治话题弥漫于小说始终,是书中形象不离口、不离身的主题。《保卫延安》中,政治委员李诚在行军途中向战士呼喊:"同志们!一个战士倒下了,千百个战士要勇敢前进!一个共产党员倒下了,千百个共产党员要勇敢前进!大山沙漠挡不住我们;血汗死亡吓不倒我们。前进!哪里有人民,我们就到哪里去;哪里有苦难,哪里就更需要我们。

① 毛泽东:《在延安文艺座谈会上的讲话》,《毛泽东选集》(三),人民出版社 1991 年版,第 847－877 页。

② 郭沫若:《文艺工作展望》,《沫若文集》(十三),人民文学出版社 1957 年版,第 284 页。

③ 周扬:《为创造更多的优秀的文学艺术作品而奋斗》,《中国现代文学史参考资料》(三)上,高等教育出版社 1959 年版,第 79 页。

前进,勇敢前进!战胜一切困难!”烈士卫刚在给哥哥卫毅的遗书中写道:“美国走狗占了我们的延安,他们这一群恶狗卖国贼,想打击我们党中央,想征服我们,想使我们世世代代当亡国奴……哥,我虽然倒下去了,但是,我永远相信延安一定会恢复,窜到陕甘宁边区的敌人一定会消灭,美帝国主义的走狗一定会打倒,人民解放的事业一定会胜利,新社会一定会建立,共产主义一定会实现。”《风云初记》中,长工芒种“在祖国广漠的土地上,忍受了风霜雨露、饥饿寒冷和疾病的折磨。在历次的战斗受伤、开荒生产、学习文化里,他督促自己,表现了雇农出身的青年共产党员的优秀品质。在他的眼前,只有一面旗帜和一个声音在飘展和召唤。祖国的光荣独立,个人的革命功绩和来自农村的少女的爱情,周转充实着这个青年的心。”支队长高庆山跟父亲的谈话也充满政治色彩,“……他们是在侵略中国。历史上,没有一个侵略者能在别人的国家土地上,长久的站住脚的。他们都是凶猛地攻进来,凄惨的败回去,侵略行为,是一种天大的罪恶。……我们的部队,是在保卫自己的国家,打走进门的强盗,我们的战士们都是勇敢的,会夺取敌人的武器,武装自己。”

《野火春风斗古城》中,金环留下的遗书也有浓厚的政治色彩。被捕后,她英勇不屈,继续与敌人斗智斗勇,最后,花费了几天时间断断续续完成了一封长长的遗书。在谈到幼小的女儿时,她希望女儿能记住自己事迹并向同学们“讲说讲说,她是什么爹娘留下的女儿,让同学们知道:万恶的日本帝国主义发动侵略战争,给我们国家民族造成多大的灾难,他们杀戮了多少无辜的父母,遗留下多少寡妇孤儿!让同学们知道和平是多么可贵,知道他们在充满阳光的幸福生活下学习,是先辈人怎样用鲜血和生命换来的……”。诸如此类的大段大段的政治话语比比皆是,我们必须承认,这些都真实地表现了革命者的崇高形象,是符合历史真实的,而且在严峻的革命形势下必要的政治话语可以起到非常重要的精神鼓舞作用,然而过多地政治话语却可能损害文学的艺术性和趣味性。革命历史小说作为红色经典无疑是成功的文学作品，但是不可否认，正是其中过于浓重的政治化色彩和过于强烈的主流意识形态在无形中削弱了这些作品的艺术魅力。直到“文革”结束后的1979年，文学政治化的偏颇才首先从官方得到纠正。国家领导人邓小平同志在《在中国文学艺术工作者第四次代表大会上祝辞》中强调：“在文艺创作、文艺批评领域的行政命令必须废止……文艺这种复杂的精神劳动，非常需要文艺家发挥个人的创造精神。写什么和怎样写，只能由文艺家在实践中去探索和逐步求得解决。在这方面，不要横加干涉。”①随后，这种文艺政策广泛而迅速的传达并被实施，改变了中国当代文学持续了数十年的“文学为政治服务”的发展方向。

新历史小说时代的文艺政策与革命历史小说时代相比较有了巨大变化。1979年10月，中华全国文学艺术工作者第四次代表大会（第四次文代会）召开，邓小平代表中共中央到会致辞。他明确指出，“同心同德地实现四个现代化，是今后一个相当长的时期内，全国人民压倒一切的中心任务……对实现四个现代化是有利还是有害，应当成为衡量一切工作的最根本的是非标准”。在阐述党对文艺工作的领导时明确提出了“不要横加干涉”的意见，并且承认文艺创作是一种复杂的精神劳动，党“不是要求文学艺术从属于临时的、具体的、直接的政治任务，而是根据文学艺术的特征和发展规律，帮助文艺工作者获得条件来不断繁荣文学艺术事业。”②这个讲话对文学工作者来说无疑是一次思想上、心理上的巨大解放，几十年以来，文学第一次与政治任务分离。1980年，中共中央又正式提出了“文艺为人民服务，为社会主

---

① 邓小平：《在中国文学艺术工作者第四次代表大会上祝辞》，《人民日报》1979年10月31日第1版。

② 邓小平：《在中国文学艺术工作者第四次代表大会上祝辞》，《人民日报》1979年10月31日第1版。

义服务”的总方针，以此取代了“文艺为工农兵服务”和“文艺为政治服务”的口号。1984 年，胡启立代表中共中央出席第四次作家代表大会时首次作出了“创作自由”的许诺。① 通过这一系列的思想理论路线的调整，一种以经济建设为特征的新的文化规范开始形成，文学逐步远离具体政治，回归文学自身，具备了追求文学艺术性、趣味性和思想性的各种条件。这一切为具有颠覆和叛逆色彩的新历史小说的创作提供了宽松、自由的创作环境和氛围，应运而生的那些各具特色的作品给读者展示了一个丰富、复杂、全新的文学世界、文学观念。

在社会生活错综复杂的关系中有必然规律和基本规则，任何生活于其中的人都必须遵守，人类社会由此具有了基本的是非观念。不论时局动荡，还是朝代更换，这种观念已经成为社会生活的一部分，代代沿袭。这就是传统文化中由社会习俗、价值判断和伦理道德规范等共同构成的真、善、美、假、丑、恶等基本的是非观念。虽然，随着时代不断的发展很多观念都在改变，可是，作为一种社会构成和民族文化积淀，基本的是非观念在总体上没有大的改变，比如，善恶之分、美丑之别、真假之辨等等。然而，在新历史小说中，我们很难找到清晰的符合社会生活基本规则的是非观念。

革命历史小说的是非观念是建立在阶级斗争学说与传统伦理道德共同的前提下的，它们所依据的是非判断标准是二者相交重合的部分，肯定阶级斗争学说中与传统道德重合的行为准则、价值观念，肯定被社会广泛认可的善恶美丑的标准。但是，在新历史小说中，这种基本的是非观念被颠覆了，书中所描写的社会是一个没有判断依据和标准的世界。新历史小说中处于革命旋涡中的人物各为其利，有的是信仰所致，有的是利益驱动，有的是随波逐流，有的是冷眼旁观，没有统

① 胡启立:《在中国作家协会第四次代表大会上的祝辞》,《人民日报》1984 年 12 月 30 日第 1 版。

一的方向，没有合力，没有主流。作家在精神匮乏的年代以游移的笔调诉说社会百态，以“新写实”的零度感情介入作品，不对任何人物的任何行为进行任何道德性的评价。小说倾向于表现人的本能自我，从更广阔的视角去透视相同的历史事件，视野宽广，立意高远，在创作手法上也有所突破，广泛借鉴西方创作手法，篇章结构中哲学意蕴深厚，具有鲜明的特色。新历史小说努力探索了自然性和人性、人性的普遍性和特殊性之间的矛盾，因而内蕴较革命历史小说深，不足之处在于描写具有自然主义倾向，并且作者对新创作方法的运用不够熟练，不如革命历史小说表达流畅。而且，在处理民族、革命、历史等问题时，态度不如革命历史小说鲜明，尤其是对历史的再认识方面和价值观方面。综观全书，各种人物从始至终都在拼命地掠夺物质财富，并且以人所占有的物资、金钱、财富、权势来衡量人的价值，表现的是一种不足取的物化的价值观。

在《丰乳肥臀》中，上官鲁氏是作者用心赞美的一个具有反叛意识和生命韧性的美丽女性。但是，她不守妇德，为了生育先后与数个男人相交，生育了九个与丈夫没有丝毫关系的子女；她没有遵循中国传统文化所倡导的以德报怨的美德，在掌握了家中权力后，让疯狂的婆婆睡在驴圈里，并常常恶言相对，直至最后挥舞着擀面杖打死了婆婆，而她既没有产生内心的不安，也没有遭受社会的惩罚。以社会规则来看，或者以革命历史小说的是非观念来看，她完全可以称得上是行为丑陋的恶人。但是，在新历史小说中，作家没有因为这些行为就改变对她的赞美。在作家笔下，她美丽、坚强、勇敢，具有超人的气魄和胆量，是一个具有无穷魅力的女人；同时，她为子女辛苦奔波，操劳一生，又是个散发着博大母爱的伟大母亲。地主阶级出身的国民党军官司马库是作家比较欣赏的人物，“我最喜欢的还是司马库这个人物，他是一个还乡团，是一个敌人，从阶级斗争的意义上说，喜欢他就和敌人站到一边了。但从文学意义上,我确实喜欢他,喜欢他敢作敢为的性格”。① 由于作者对这个人物的喜爱,他的丑恶和残酷被淡化了。他勾引痴狂的大姨子上官来弟成为拯救灵魂的行为,以至于后来上官来弟想过要为他“殉节”;他带领还乡团残酷镇压革命群众,活埋与革命有关或无关的百姓,仅仅因为小狮子活埋与革命无关的郭马氏时司马库说“别凑数,该杀的就杀,不该杀的别杀”,他就树立了“讲理”讲原则的形象。而数以千百计的被杀者似乎理所当然地是死有余辜的“该杀者”。也许,正是这些被枉杀的人造就了他的“好汉”形象,因此,在他被俘虏之后,上官鲁氏带领全家去送行,并且认为“他是混蛋,也是好汉。这样的人,从前的岁月里,隔上十年八年就会出一个,今后,怕是要绝种了。”

《故乡天下黄花》中的是非观念是被权力异化了的,权力导引着当地生活的方向,掌权者可以借助权力去做所有一切违背传统和当时社会规则的事情而不受任何惩罚。在作家笔下,权力是万能的,也是万恶之源。一个小小的村落,所有的凶杀、罪恶都在权力争夺中展开,没有人能够成为最终的拥有者。所有拥有过权力的人最后都为权力而毁灭。这似乎是一种寓言式的表达,但是,是非观念的缺失却是这部小说中不争的事实。李文闹杀死村长孙殿元以后当上了村长;孙毛旦和许布袋为保住权力杀死李小闹、周罗恩,坐稳了村长的位置,虽然他们后来都没有能够在村长的位置上得到善终,可是,他们并没有因为违背社会规则而遭受惩罚。在他们当政时,不论他们恶劣行径暴露或隐蔽,人们都是以恭敬于权力的姿态面对他们,而他们的生活在权力的保护下优裕富足。在这里,拥有权力似乎可以拥有社会规则的解释权,社会在权力的肢解下失去了应有的秩序。

《白鹿原》和《活着》也同样。《白鹿原》的是非判断建立在作家并

---

① 莫言:《从〈红高粱〉到〈檀香刑〉》,《当代作家评论》,2002年第1期,第22页。

不完全认同的儒家文化的基础上，所以，出现了是非观念不确定的局面。虽然儒家文化的精神和观念弥漫在整部小说中，但是通过对各种情节仔细揣摩判断，我们可以看出明显背离的倾向。对此，作者自己也承认，“田小娥的背后站着无数被历史埋葬的类似的女性，她表达了我对她们的同情和关注”。谈到作家精心塑造的封建卫道者白嘉轩，作者明确表示，“他的精神上延续着封建文明和封建糟粕，他身上具有几千年延续下来的封建人格力量，他的硬汉精神就是这个民族的封建文明制造出的民族精神。如果封建没有文明的一面就不可能延续几千年不变，它铸成了几千年绵延的民族精神。白嘉轩身上负载了这个民族最优秀的精神，也负载了封建文明的全部糟粕和必须打破消失的东西。否则这个民族就会毁灭。这些东西在他身上有时就变成非常残忍的一面，吃人的一面。如白嘉轩对田小娥的全部残害就是他精神世界的封建观在起作用。”①《活着》以生存过程中的伦理亲情和生命韧性混淆了是与非的界限。福贵在富贵时与父亲顶撞冲突，对丈人的颐指气使，对妻子的背叛与折磨，嫖妓、赌博，最终导致家庭破落，父亲含恨离世。他的所作所为既违背了传统道德，又违反了社会规则，本应构成坏人形象。可是，在家人的包容下，在其生命韧性的衬托下，他获得了一种传统道德是非判断之外的肯定。

三、从渴望表达到理性反思

从创作前提上来看，革命历史小说作家的创作动机源于自身体验后渴望进行主观感情表达的冲动，他们的创作是基于感性体验的一种文学表达；而新历史小说的创作动机源于作家们经历了中国社会重大

---

① 张英：《白鹿原上看风景——陈忠实访谈录》，《文学的力量》，民族出版社 2001 年第 1 版，第 207 页。

的政治、经济变革后的反省意识,他们的创作相对而言更侧重于理性思维表达。

与革命生活的较近的时间距离使革命历史小说作家们对新、旧两个世界有着深刻而鲜明的认识。他们无法遏止在新政权下昂首挺胸的激动情感,强烈地希望表达自己对刚刚发生过的重大革命历史生活的认识和看法,并希望以自己的文学创作服务于政治需要,为正在进行的社会主义建设营造出良好的、积极进取的精神氛围。曲波在《关于〈林海雪原〉》中写道:"'以最深的敬意,献给我英雄的战友杨子荣、高波等同志!'这是《林海雪原》全书的第一句话,也是我怀念战友赤诚的一颗心。"①李英儒说:"我就是忘不了战士们,忘不了人民群众,忘不了那一场壮烈的战争,忘不了战斗生活对自己的教育,忘不了几千年来中华民族流血斗争的历史。今天看来,它只不过如实地把那场伟大的斗争点滴地记录下来罢了。"②冯德英说:"我仿佛闻到了革命战士和烈士们用血汗浇育起来的胜利之花的沁人心脾的清香,使我无论如何也不能忘掉他们所经受的艰难困苦和牺牲呵!"③杜鹏程等其他革命历史小说的创作者也有类似的话语,正是基于这样一种强烈而浓郁的主观感情,才会有那个时代浪涌般的"红色经典"潮流的形成,也才会产生了后来的与此截然不同的另一种革命历史文本。

深怀精神追求和神圣向往的革命历史小说作家们真诚地追随时代的步伐进行文学创作,因此,作为引领一个时代潮流的文学现象,革命历史小说有其不可比拟的特点,造就了一个时代的社会精神风貌,培养了不止一代青年的积极进取精神。当时的作家是两面作战。他们既要反封建、反资本主义、反帝国主义、反西方文化,又要打翻正统

---

① 曲波:《林海雪原》,北京:人民文学出版社 1964 年第 3 版,第 581 页。

② 李英儒:《〈野火春风斗古城〉重印后记》,人民文学出版社 1962 年第 2 版,第 464 页。

③ 冯德英:《〈苦菜花〉后记》,北岳文艺出版社 2001 年第 1 版,第 499 页。

观念中贵族意识、鄙视小人物及下层社会的恶习，塑造过去所没有的具有鲜明性格特征、自觉反抗意识和奋斗进取精神的英雄和普通劳动者的形象。于得海、姜永泉、杨晓冬、杨子荣、周大勇、金环、母亲等这些形象，不仅在理智上，而且在感情上激励着不止一代读者。直至今天，他们为受压迫者的解放而赴汤蹈火的无畏气概和为追求崇高理想而百折不挠的坚毅精神仍然为人们所景仰。然而在现实生活里没有这样性格、个性如此相同或相似的人。由于出身、经历、教养和习惯的不同，每个人都具有自己独特的个性，而这种个性表现在动作、姿态、体形、手势、服装和音调等各个细小的方面，但是，在革命历史小说中人们往往能够找到在外形、语言、性格、品质等方面都很相似的人物形象，并且能够根据其中任何一项特征来判断或推断出人物所属阵营和其他方面的优劣。

革命历史小说作家往往基于某种模式化的特征来表现人物阶级的、生理的、职业的、年龄的、习惯的和风度的特点，以使人物性格鲜明。革命历史小说在描写好人时，使用的都是褒义色彩的词句，将好人的优秀与美好展示得淋漓尽致，而描写坏人时，则极尽所能的从外形、言谈以及道德品质上予以丑化。革命历史小说中关于好人的描写有一种固定模式，仅从外形描写就能看出这类小说的形象套路。首先，革命者的母亲是善良、勇敢、坚强并勇于为革命牺牲的，她们慈眉善目，相貌端正，充满爱心，是恪守传统妇德的优秀女性。如《苦菜花》中的母亲、《野火春风斗古城》中的杨老太太，她们都是在儿女的影响下由犹疑到坚定走上革命道路的。母亲有“稠密的头发”，“浓厚的眉毛下，一对大而黑的眼睛，陪衬在方圆的大脸盘上，看得出，在年轻时，她是个美丽而和善的姑娘”。杨老太太“头发花白、衣服洁净、神态纯朴”，“目光深沉，举止持重，给人一种朴素善良的印象”。其次，坚决革命的青年女性能够像热血男儿一样在血与火的严酷斗争中经受住任何考验，甚至可以为革命牺牲宝贵的生命，但是在她们钢铁般意志的外部却包裹着温柔、善良、美丽的外壳。如,《野火春风斗古城》中的银环是“长脸形,高鼻梁,清秀的眉毛,乌光晶亮的眼睛”;《林海雪原》中的白茹是“脸腮绯红,像月季花瓣。一对深深的酒窝随着那从不歇止的笑容闪闪跳动。一对美丽的大眼睛像能说话似的闪着快乐的光亮。两条不长的小辫子垂挂在耳旁。前额和鬓角上漂浮着毛茸茸的短发,活像随风浮动的芙蓉花。”

在革命历史小说中,“英雄人物没有反面人物。”①它们所塑造的英雄都是共产党阵营内的,而且,他们总是外形俊美高大,气度不凡;在生活中排斥个人私欲,在精神品质上追求至善至美。于得海、姜永泉、杨晓东、杨子荣、周大勇、金环、母亲等英雄人物都是这样近乎完美的人。茅盾先生在谈到英雄形象的塑造时就曾经说过:“英雄人物是发展的,也就是说,英雄人物的思想品质有发展,英雄人物也可以有缺点,不过他在斗争中最后还是克服了缺点。写一个英雄人物从一开始就是全智全能全德,不但从不犯错误,而且政治上、思想上高度成熟,那也很好;可是这就像个超人了,超人是很少的,会引起不真实之感。”②但是革命历史小说在英雄人物的塑造上往往忽视了这一点,由此导致了英雄人物思想发展的单一片面性,产生了一系列有损真实的“超人”形象。关于坏人的描写则是另一种模式。在革命历史小说中,地主无论男女老幼,无一例外都是为富不仁,道德沦丧,卖国求荣的无耻之徒。首先,他们长相一律是丑陋的。《苦菜花》中的地主王唯一,“肥胖的头圆圆的,光秃秃的,眉毛几乎见不到,看上去恰似一个肉蛋子”,嘴里还长着“黄门牙”;《林海雪原》中地主的女儿蝴蝶迷,“脸长的有些过分,宽大与长度可不大相称,活像一穗包米大头朝下安在脖子上”,“还有那满脸的雀斑,配在她那干黄的脸皮上,真是黄黑分明。

① 茅盾:《创作问题漫谈》,《茅盾评论文集》,人民文学出版社 1978 年版,第 303 页。
② 茅盾:《创作问题漫谈》,《茅盾评论文集》,人民文学出版社 1978 年版,第 303 页。

为了这个她就大量地抹粉，有时竟抹得眼皮一眨巴，就向下掉渣渣。牙被大烟熏得焦黄，她索性让它大黄一黄，于是全包上金，张嘴一笑，晶明瓦亮。”其次，他们道德沦丧。《苦菜花》中，王唯一的儿子王竹在光天化日之下强奸怀有身孕的妇女，王唯一待字闺中的女儿玉珍公然与若干男子鬼混苟合；《风云初记》中，地主的儿子田耀武明目张胆地与村中不良少女俗儿纠缠在一起；《林海雪原》中，蝴蝶迷与许大马棒父子都有肌肤之情。第三，他们没有民族气节。《苦菜花》中，以王柬芝为首的地主群体是暗地里向日本侵略者献媚的忠实走狗，而王竹则公开充当了汉奸；《风云初记》中，与大家正在积极抗日时，田耀武父子却已经倾向了日本侵略者。第四，他们残酷没有人性。《苦菜花》中，王唯一父子平日里就是为害一方的恶霸，在王竹因无耻的强奸行径遭到惩罚后，他们父子狼狈为奸，残忍地烧死了仁善并将他的儿子和媳妇活活打死；《林海雪原》中，蝴蝶迷和许家父子杀人越货，无恶不作，用活人练枪打靶；让狼狗活活咬死人；成批地活埋穷苦百姓；把冻饿成疾的病人活活丢到冰窟窿……这是革命历史小说所具有的二元对立、非此即彼思维模式的显现——好人全好，好得完美无瑕；坏人全坏，坏到没有道德，丧失人性。而在新历史小说中，阶级与道德品质是毫无关联的，如《丰乳肥臀》中上官鲁氏因为婆婆多年以来对自己的态度恶劣，所以在婆婆发疯之后将她安置在驴圈里，任她整天在驴粪蛋里打滚，最终，为保护女儿不被伤害用擀面杖残忍地打死了她。战争年代，同姓上官的女儿们各自为政，拼得天昏地暗，斗得你死我活，丝毫没有骨肉亲情、手足深情。新中国成立后，上官盼弟为避免受家庭牵累甚至改名换姓，与家人不相往来。而一向温顺，以传统东方女性的美打动美国飞行员的上官念弟为了不受母亲阻挠，顺利和美国大兵结婚，竟以目睹母亲打死奶奶为要挟。人性险恶，亲情淡漠明显地超越了阶级的界限。

革命历史小说中的汉奸、叛徒、土匪等形象也与地主模式接近。

他们道德沦丧，无恶不作，出卖良心和道义，甘心做日本人的走狗，对穷苦百姓疯狂剥削和压迫。他们一出场，读者就能够根据坏人的模式判断出他们的政治立场和罪恶本质。如，《野火春风斗古城》中的高大成是土匪出身的汉奸，他一出场就大呼小叫，“面斗脑袋，黑脸盘，鹰钩鼻子，大嘴岔，茶晶眼镜遮住右边那只大而瞎的眼睛”，通过这种文字描写，读者完全可以得知他的革命方向。另外，书中一个比较关键的人物高自萍是小资产阶级出身的革命叛徒。他出场时，“身材瘦小、头戴皮帽、项缠围巾、看不见嘴脸……”，长着杏核般的小眼睛，跟人接触时，“杏核眼睛忽幽忽幽四下张望着，像老鼠防猫一般”，虽然这时他还没叛变，但是叛徒的基本形象特征他已经具备了。叛徒的身份注定了他的无耻，所以，他会在银环昏迷时搂抱她并强吻她。作为一种非常具有感情倾向的描写，作者让银环感到“脸颊一阵刺痒，有个湿渍渍热烘烘带着酸臭气味的东西吮吸她……”。类似这样的描写极好地表达了作者对革命叛徒的鄙视和厌恶，但是这些模式化的描写同时使敌人的类型过于统一、雷同，使他们的丑陋和罪恶本质显得千篇一律，损害了文学形象的丰富性和真实感。

新历史小说作家的创作是对历史、现实理性反思后的冷静描摹。这一批作家如莫言、陈忠实、余华、刘震云等与革命历史本身都有很遥远的距离，那段生活对他们来说是陌生而概念化的。但是，他们对于中国当代历史的风风雨雨却不陌生。建国以来的历次政治运动对他们都有不同程度的冲击，尤其是“文革”十年，对他们来说是一种完全亲历的政治运动，对他们的创作具有不可忽视的重大影响。当耳闻目睹了中国建国后的历史生活后，他们在改革开放思想解放的冲击下形成了自己的创作理念。这时的创作氛围与革命历史小说相比是截然不同的，然而，虽然他们的头上已经失去了往日作家因教化作用而被冠以的神圣光环，可是，作为经历了重大历史事件的知识分子，他们与革命历史小说作家一样具有宣泄认识和看法的欲望，而且，他们的创作所表达的是一种积淀了深层理性反思的认识，具有新的、深刻的思想深度。

陈忠实说："创作是作家的生命体验和艺术体验的一种展示……我不过是竭尽截止到1987年的全部艺术体验和艺术能力来展示我上述的关于这个民族生存、历史和人的这种生命体验的。"①莫言坦率地表达了自己对革命历史小说的反驳和颠覆意向以及自己对创作本身的一种现代认识，"为什么大家不约而同地都有这种想法，都用这种方式来写作？我觉得这就是对占据了主流话语地位的'红色经典'的一种反拨。""重要的不是写作，而是通过写作把自己跟别人区别开来……说到底，作家编造故事的能力是非常重要的……作家的本事就在于能够替代别人思想。他能够设身处地地把自己想象成一个人物。"②而对于余华来说，像革命历史小说作家那样为表达政治意识而写作是不置可否的事情，他认为"一个真正的作家永远只为内心写作，只有内心才会告诉他，他的自私、他的高尚是多么突出。内心让他真实地了解自己，一旦了解了自己也就了解了世界。"③刘震云在表达创作意图时则说，"我一直想用一个比较长的篇幅，表达我对生活的这个世界的整体感受，天上飘动的不再是一朵或几朵云彩，而是暴风雨来临之前的乌云密布、飞沙走石、空气稀薄、雷声欲响，这些正在酝酿即将发生和发生的经过。"④创作对他们来说不必被内心的主观感受和激情所支配，尤其不必为政治热情所诱导，文学是创作主体自己的事情，所有的内容、形象和思想都只是为了表达自己的思维逻辑，他们的作品由此显示出了一种完全有别于革命历史小说的多元化的创作动

---

① 陈忠实：《白鹿原》创作漫谈，《当代作家评论》，1993年第4期，第20页。

② 莫言：《从〈红高粱〉到〈檀香刑〉》，《当代作家评论》，2002年第1期，第21页。

③ 余华：《活着》，中文版《自序》，上海文艺出版社2004年第1版，第2页。

④ 张英：《刘震云：〈写作向彼岸靠近〉》，《文学的力量》，民族出版社2001年第1版，第228页。

机和价值取向,形成了一种时代色彩鲜明的文学思潮。

四、从道德教化到娱乐消遣

在建国之初的岁月里,文学和作家具有崇高的社会地位,通过文学作品宣传思想文化观念是一种近乎完美的教化手段。在那时,“社会向文学提供素材,文学向社会提供规范。”①文学作为上层建筑的意识形态为社会提供着思想、行为、道德等各方面的规范。而在新历史小说创生的八九十年代,作家和文学曾有的崇高社会地位随着多元化思维和价值取向以及商品大潮的日渐涌起而消逝,作家只是社会分工中的一种职业,文学则主要作为一种讲求艺术性和趣味性的供娱乐消遣的文化商品被读者接受。

“我们曾经生活在一个理想主义的时代。那是一个崇拜伟人的时代,一个举国若狂的时代,一个充满梦幻的时代。文学艺术也曾为理想主义所垄断,塑造了一个个以拯救人类为使命的英雄,为捍卫信仰虽死不辞的志士,残酷地鞭笞内心欲念的殉道者,无所不知、无所不能、无往不胜的指路人。”②当时社会是一个追求精神价值的纯粹感性的王国,革命历史小说是那个时代的产物,同时又是以感性形式反映那个时代社会生活的文学作品,因此它们充分表现出了那个时代特有的以精神力量战胜一切艰难险阻的价值观念。对于杨子荣、周大勇、江姐、朱老忠、杨晓冬这些典型人物来说,没有什么困难可以阻挡他们前进的道路。他们智勇双全、临危不惧、矢志不移,具有勤劳、俭朴、勇敢、善良的崇高品质。他们身上完全体现了当时那个年代里特有的纯粹的理想与精神。作为引领时代潮流的文学典范,革命历史小说在当

① 郭沫若:《文学与社会》,《雄鸡集》,北京出版社 1959 年版,第 142 页。

② 魏胜利:《玩世不恭与文学》,《北京文学》,1993 年,第 3 期,第 79 页。

时具有非常重要的社会地位，很多人以这种“红色经典”作为思想和生活的指导手册，不少新历史小说作家也是读着这些作品成长起来的。对这些作品的阅读主要有两种方式，“一为狂喜式的，这种阅读深深地为文本虚构所打动，沿着文本的情感逻辑线索，进入人物心灵的深处，和人物同悲、同喜、同乐、同怒，极端者甚至把人物当成自我有机整体的一部分，愿意为之生可以为之死；一为静观式，始终跟文本保持审美的距离，对文本世界进行理性的审视和判断，将文本当成一个客观的他人世界，试图从中搜寻到生活的真理或原则。”①

在当时，几乎每一部革命历史小说的出版发行都能引起社会巨大的反响，《林海雪原》九个月销售五十五万册，《保卫延安》一出版就受到广大读者的热烈欢迎，短短几年，发行量达一百多万册，其他几部作品一经问世也是一版再版，这是新历史小说望尘莫及的。很多读者都表示从革命历史小说的阅读中获得了精神动力：“我们读着《保卫延安》，能够深深感受到作品中有一股强大的力量吸引你，使你和书中的生活，和书中的人物，和人物们的命运靠近。”②“《野火春风斗古城》所反映的那个艰苦斗争的年代，早已过去了，那种艰苦的生活，也早已成为历史的陈迹了。今天河北平原上的人民和全国人民一样，已经过着和平幸福的生活，日寇蹂躏的创伤早已不见了。但是这和平幸福的生活，得来的不易呀！是他们，像杨晓冬、老梁、杨老太太、金环、银环这样千千万万个祖国的英雄儿女，吃尽各种苦头，经历各种艰险，用自己的鲜血灌浇来的。今天当我们看完这部小说的时候，回想我们工作、生产、学习、生活中遇到困难，回想我们自己因为个人得失而感到烦恼的时候，想想小说中这些英雄人物是如何忘我地对待革命事业，如何

---

① 蓝爱国：《解构十七年》，华东师范大学出版社 2003 年第 1 版，第 1 页。

② 胡采：《〈保卫延安〉的艺术特色》，《延河》，1979 年 1 月号，转引自《中国当代文学研究资料——杜鹏程专集》，福建师范大学中文系编，1979 年 10 月，第 204 页。

英勇顽强斗争的情景,就会从他们高尚的精神中,得到战胜困难,鼓舞我们大步前进的力量。”①“作为一部优秀的文学作品,《野火春风斗古城》至今读来,仍使人感到很有现实意义。为了继承我党的革命传统,学习革命英雄的革命英雄主义和革命乐观主义精神,这篇小说仍然值得一读。”②可以肯定地说,革命历史小说所引起的这种广泛的社会作用也是新历史小说所无法企及的。

革命历史小说曾经以文学为手段营造了一种昂扬奋进的社会气氛,每一部小说都蕴涵着积极的人生态度,成为指引和鼓舞人们努力奋斗的巨大精神动力。而新历史小说中恰恰缺少那种积极的人生态度,取而代之的是灰暗、颓废和消极。它们的精神匮乏与社会存在相互作用,配合并推动了一个精神荒原时代的不断发展。

建国之初的社会风气蓬勃向上,翻身作主的人民群众热火朝天地进行建设美好家园的伟大事业,而当时许多文学青年都是在革命历史小说强大的精神力量的作用下更加积极地投身于社会主义建设事业的。虽然这种社会效果归根结底来自作家非艺术的“为政治服务”的责任感,但不可否认,小说中积极的人生态度对读者个人,整个社会乃至中国历史都具有非常积极的意义。而这恰恰是革命历史小说之所以为“红色经典”的缘由,也是如今新的艺术媒体仍对其爱不释手的原因。伴随着革命历史小说成长起来的读者们至今仍然视其为神圣不可侵犯的,因为他们在小说中找到了信仰和理想。因此,在戏说一切历史、典故的当代,它们作为一种对国家建设有过积极贡献的文学现象,已经被列入国家有关部门保护的范畴内,任何擅自演绎、戏说这些

---

① 王维玲:《光辉的形象,学习的榜样——野火春风斗古城读后感》,《文学书籍评论丛刊》,1959 年第 2 期,转引自吴开晋编:《李英儒研究专集》,北京:解放军文艺出版社,1984 年 10 月第 1 版,第 183 页。

② 冯健男:《人民的力量是无敌的——重评野火春风斗古城》,《河北日报》,1979 年 2 月 28 日。

作品的行为都是被禁止的。可以说,它们因其所倡导的积极的人生态度成为中国社会宝贵的精神财富。而新历史小说中恰恰缺少一种精神力量。针对新历史小说创作中精神颓废、缺失问题,一位评论者这样评价:“在精神价值问题上,有一部分作家始终保持一种彻底的颠覆性立场,也就是通过自己的作品对原有的价值观念进行彻底颠覆。”① 新历史小说作家就属于这种持颠覆性立场的作家。

革命历史小说是通过对革命历史生活艺术化的描写,以强烈的真实的历史感觉启发读者进入历史现实里,从而使他们深刻感受到革命、战争以及其中的精神,唤起他们对于革命历史生活的亲切感和认同感,帮助他们树立起坚定的革命信仰和远大的社会理想,以推动他们去认识革命历史的发展,从而得到鼓舞和教育。虽然同样涉及革命历史生活,但是读者在新历史小说中看不到任何鼓舞和教育意义,更找不到任何信仰和理想,小说告诉他们的只是怎样维持动物性的生存,活着的意义就在于生命度过了一天又一天。小说《活着》从标题上就表达了一种明显的立意,在具体内容中,贯穿始终的也是生理意义上的动物性地活着。主人公福贵在富贵时考虑最多的事情是怎样度过一天,“每天早晨醒来犯愁的就是这一天该怎么打发”;开始了嫖赌生活后,“我倒还真想光宗耀祖了,想把我爹弄掉的一百多亩地挣回来”;后来,他终于在赌场上输光了家产,成为落魄贫穷中的佃户,这时,他每天思索如何才能饱肚度日;被抓壮丁后,害怕失去性命,主动跟着炮队走;被俘虏后,感谢共产党的恩情,可是为了保住性命与家人团聚,他打消了帮助解放军的念头。就这样,没有精神理想和奋斗目标,在每个关头都将活着作为首选目标,他因此成为家中生存最长久的人。作品通过对这个人物的描写,表达了一种非常消极的人生态度。福贵的精神生活是一片空白,他没有考虑过生存的意义和价值,

---

① 陈美兰:《行走的斜线》,《新华文摘》,2002 年第 6 期,第 103 页。

只知道追求“活着”,整个小说中呈现的是精神缺失状态下的动物生存。生活中没有阳光,苦难是现实存在并且接二连三出现的,活着的快乐仅仅停留在生命存在上,没有其他任何思想和精神价值。

其他新历史小说中也同样存在这种问题。《故乡天下黄花》以尔虞我诈的权力之争为线索展示了一个小小村落的历史。围绕权力发生的一切都是那样阴暗、罪恶、残酷。《白鹿原》中,族长白嘉轩极力维护的是一个已经注定要消亡的旧秩序,虽然人们从他身上看到了中国传统道德的具体体现,可是,封建王朝逝去的客观事实本身已经预示了他的努力和奋斗是毫无希望的最后挣扎。《丰乳肥臀》中,以上官家为线索的故事体现了生活的灾难深重。生育的苦痛、灾难饥荒的折磨、革命战争的残酷、政治运动的无情,使生活中缺少阳光和希望。上官家中下一代的命运尤其使生活显得晦涩、黯淡,生命在他们的人生中是那样短暂而苦难。失去了半个脑袋的大哑和肠子流出体外的二哑,展示了战火吞噬生命的无情;被政治运动剥夺生存权利的司马凤和司马凰还是不谙世事的幼年的孩子,可是,她们作为政治运动的牺牲品,在高密东北乡十八个村镇最穷人代表大会上,在黑压压一片穷人翻身斗争的大会上作为“反动落后的社会制度”的“符号”被剥夺了生存的权利。

在八十年代后期,文学在经历了新时期文学轰动一时的历史时期后开始逐渐失去由“伤痕文学”、“反思文学”以及“改革文学”等文学思潮所引起的社会轰动效应,虽然在九十年代文学也曾经有过各种各样由艺术探索带来的热点和现象,但是,“到了九十年代后期,没有人会怀疑文学已经从这个时期的精神生活的重要位置退到边缘位置”。① 而新历史小说蓬勃发展正是在这一时期。因此,新历史小说

---

① 陈晓明:《“历史终结之后:九十年代文学虚构的危机”》,《文学评论》,1999 年第 5 期,第 36 页。

表现了物欲横流的时代特色并以这种特色迎合生活需求。它虽然打破了革命历史小说在性描写方面的局限和禁锢,但是,通过大量赤裸裸的性描写表现出来的却是一种对性爱扭曲的理解。至高的性爱境界是灵与肉的完全结合,是生命的源头,是神圣、纯洁、高尚的,可是,在新历史小说中,充斥大小篇章的性爱描写却不约而同地表现出性爱邪恶的思想倾向。

在新历史小说中,性爱带给人的往往是毁灭和灾难。田小娥因为在家中承受精神和肉体的折磨而产生了强烈的逆反心理。她蔑视举人夫妻对自己的侮辱,甘愿冒险与黑娃偷情。但是,短暂的性爱愉悦带给她的是毁灭性的灾难。她失去了封建社会女人最重要的贞节名誉,被休归家。恪守封建道德的家庭没有成为她躲避风雨的港湾,虽然黑娃侥幸将她带离家门,可是,她是像"一堆狗屎"一样被踢出家门的。此后,除了在肉欲基础上与她相依相伴的黑娃,她已经没有任何亲人,更没有社会地位。当黑娃被迫离去,她的精神世界垮了。她像漂泊不定的浮萍,理所当然地成为道德和不道德者欺凌的对象。终其一生,可以说她因性爱失去了一切,家庭亲情、名誉尊严都在生命尚存时离去,而最终,她那失去生命的躯壳也被永久地压入万劫不复的塔底。如果说她毁灭于性爱之中,那么,鹿冷氏则是毁灭于永远无法实现的欲望期盼中。她由父母做主嫁给了鹿家长子鹿兆鹏,可是一心革命的鹿兆鹏给予她的惟有由新婚初夜体验延伸出来的煎熬和痛苦。她渴望拥有正常的婚姻生活,这并不是过分的要求。然而,在封建包办婚姻的安排下,她注定了要品味生活的苦涩。她常常回忆起初夜的景象,渴望重新体会其中的快乐。她甚至羡慕田小娥那种放荡的生活,嫉妒她可以任意享受性爱的愉悦。终于,她被欲望冲昏了理智,以为醉酒时爱抚过自己的公公是一个可以依靠的对象,在遭到严词拒绝后,她的世界崩溃了。她变成不知羞耻的疯子,到处讲述假想中与公公欢爱的故事。她的父亲是治病救人的医生,也是一手炮制了她终身悲剧的元凶。当目睹她的疯狂无法遏制时，这个道貌岸然的父亲为了维护脸面又亲手开了药方，使她日见消瘦，形同骷髅，最终在寒冷的冬夜里凄然死去。她的悲剧始于封建包办婚姻，但直接因素却是性爱欲望的无法满足。正是那种强烈而本能的性爱欲望使她饱受煎熬和折磨，使她失去亲情温暖、人格尊严和生命本身。

在新历史小说中性爱描写多呈现了丑陋的一面。福贵由涉足风月场所开始踏上终身孤独的旅程。他心中的性爱并不是灵肉结合美好的事物，“嫖妓只是为了轻松一下，就跟喝水多了要去方便一下一样，说白了就是撒尿。”李文闹的风流韵事是建立在花生饼这种廉价物质的基础上的。他以花生饼回报向他付出肉体的赵小狗的老婆，而赵小狗的老婆则为自己能够获得花生饼感到满意和骄傲。她的丈夫赵小狗也为此高兴，“有时他也拿一块花生饼，放到火上烤热吃，边吃边说：‘里头的油还不少呢，看把我的手都浸了！’”这种廉价、丑陋的交易最后一次是发生在赵小狗家厨房灶旁的柴禾上，结果他们被一帮人撞见，成了被“现场观摩”的对象，尚有廉耻感的赵小狗老婆上吊死了，为此李文闹陷入了长久的人命官司中，而且这件事日后成为他与孙家进行权力之争的话柄。

性爱的丑陋在青年族长白孝文身上体现的尤其明显，他所遭受的无穷灾难都是从性爱欲望开始的。作为饱读圣贤书的有为青年，他曾经作为行为楷模备受瞩目。但是当他与田小娥的私情暴露并被当众惩罚之后，他立刻从一个谦谦君子变成了卖田地、抽大烟游手好闲的不肖之徒。他公开抛弃家庭与田小娥鬼混，使妻子在灾荒年月活活饿死，使子女得不到父亲的照顾只能投靠祖父生活。而他在堕落的生活中也没有得到长久的快乐。荡尽钱财后，他“衣裤肮脏邋遢，头发里锈结着土屑灰末和草渣儿，脸颊和脖颈粘满污垢，眼角积结的干涸的眼屎上又涌出黄蜡蜡的新鲜眼屎，令人看了作呕，挽卷着裤脚的小腿上，五花血脓散发着恶臭”，他在为性爱失去了名誉、地位和家庭的同时也失去了一个人最宝贵的人格尊严。

岁月流逝改变了社会生活中精神引导一切的价值观念。新历史小说强调了在生存和生活中物质基础的重要性,这时作家主体性地位由革命历史小说年代的中心地位向边缘移动,社会整体具有心理焦虑的普遍倾向,并由此引发了九十年代关于人文精神的热烈讨论。在这一时代,"似乎大多数人都只关心眼前利益,只认得物质和金钱;他们无暇去思忖生活的意义,更不关心自己的灵魂;他们越来越轻视知识、轻视文化,什么审美追求,生存价值,统统不在眼里。"①因此,有人悲观的说:"中国人的道德水准和精神品格如果不说已经崩溃的话,至少也是滑到了崩溃的边缘。"②新历史小说中大量解构性的描写似乎可以印证这种判断——"文学的危机实际上暴露了当代中国人人文精神的危机,整个社会对文学的冷淡,正从一个侧面证实了,我们已经对发展自己的精神生活丧失了兴趣。"③这时,社会政治与文化生活都发生巨大变化,社会文化结构被冲击,显示了开放和多样的走向,人们的思想活跃,情感奔放,崇尚自我,注重文学的娱乐消遣性,读者与作家之间是现实的平等化关系,没有读者期待从文学中获得教益,也没有作家还像过去的作家那样试图通过自己的作品去改变人们的生活观念。"'作家'这一称号,在人们心中曾经显得那么高贵和不同凡俗,且不说它对文学青年所产生的巨大诱惑力,就是自知与作家无缘的普通民众,对作家也往往高看一眼……随着人们价值观念的嬗变,对作家这一称号已经不再那么看重和神往了,而作家自己,当发现过去罩在头上虚幻的光圈消匿之后,面对囊中空空的现实处境,不免有些自惭形

① 王晓明:《严肃文艺往何处去?》(座谈纪要),《新华文摘》,1993 年第 11 期,第 113 页。

② 吴若增:《中国需要文学》,《新华文摘》,1993 年第 11 期,第 117 页。

③ 王晓明:《文学和人文精神的危机》(座谈),《新华文摘》,1993 年第 11 期,第 119 页。

秽起来……从文化市场的销售情况来看,那些受到读者大众欢迎的畅销书刊,恰恰不是正统的严肃文学而是被视为低层次、格调不高的通俗文学,什么言情、武侠、侦破、公案、推理、警匪诸如此类的题材此长彼落,而有严肃的教育作用的文学作品,人们却敬而远之,不愿问津。这一切都表明,人们的阅读兴趣发生了较大的变化和转移,即阅读的动机主要不是为了受教育,而是或为消遣,或为寻求快感,或为获取某种自己所需要的信息。”①文学和作家都已经走向了社会生活的边缘,导致这种结果的原因,除了意识形态、审美习惯、经济发展等因素之外,文化手段和娱乐方式的日益丰富也是不可忽视的重要因素。不可否认,电影、电视、网络等媒介在社会生活中已经起着越来越重要的作用,它们极大地占据了在过去年代里曾经属于文学作品的领地。

第二节 文学创作自身的发展变迁

革命历史小说对于中国社会的发展来说具有非常重大的意义。它们所创造的精神价值、思想价值是不可估量的。曾经畅销百万的销售记录足以证明它们的影响力,而影视界一度火热异常的“红色经典”热潮也可以从某种程度上再次证明这一点。而经历了近半个世纪的时间跨度之后,新历史小说对人们已经熟知并形成意识观念的革命历史生活题材重新进行加工演绎,借助现代写作技巧和西方思潮,以全新的视角展示出了一幅幅与过去迥然不同的革命生活画面。虽然同一种历史在两代作家手下呈现出两种不同内涵的文本,而且后来者明显的对前辈形成了一种颠覆性的思想冲击,但是,作为一个时代社会生活的记录者和反映者,新历史小说却从问世之初就博得了读者的青

① 何火:《商品大潮中的文学展望》,《文论报》(石家庄),1993年2月13日第1版。

睐，同当年的革命历史小说一样具有非常强大的市场优势，引领了一个时代的文学潮流。作为文学创作中的典范，革命历史小说和新历史小说中所蕴涵的深刻的内在联系揭示了中国当代文学创作本身发展变化的轨迹。

一、文学创作主体定位——从灵魂的工程师到文化商品生产者

革命历史小说作家发自内心地将文学创作看成是中国革命事业的一部分，相信文学在社会生活中能够产生改变社会的巨大力量，而新历史小说作家视文学创作为自己的本职工作，以一个纯粹的文学工作者的身份进行创作。

受时代思潮的影响，革命历史小说作家力图在小说创作中再现革命历史，表达自己对政党，对国家和人民的真切感情。同时，他们将文学作为一种工具，具有浓厚的“参政”意识，是全面体现了毛泽东《在延安文艺座谈会上的讲话》精神的经典作品。他们所采用的创作手法是流行于当时文坛的革命的现实主义和革命的浪漫主义相结合的创作方法，讲求叙述的时间顺序，在情节安排上是完整有序的。作为亲历革命历史生活的战士，革命历史小说作家在作品以及言谈中，都体现了文学为政治服务的精神本质，同时也表达了对革命生活发自肺腑的热爱之情。

曲波在谈到《林海雪原》的创作时说：“在这场斗争中，有不少党和祖国的好儿女贡献出了自己的生命，创造了光辉的业绩，我有什么理由不把他们更广泛地公诸于世呢？是的！应当让杨子荣等同志的事迹永垂不朽，传给劳动人民，传给子孙万代。于是，我便产生把林海雪原的斗争写成一本书，以敬献给所有参加林海雪原斗争的英雄部队

的想法。”①冯德英说：“我想表现出共产党怎样领导人民走上了解放的道路，为了革命事业，人民曾付出了多么大的代价和牺牲；从而使今天的人们重温所走过的革命道路，学习前辈的革命精神，更加热爱新生活，保卫和建设社会主义的祖国。”②李英儒说：“在人民满腔热情地建设社会主义的今天，让青年人回顾一下历史，知道中国人民在共产党领导下的几十年的革命斗争过程中，扫除了多少个什么样的历史垃圾，从而使青年同志怀念过去的艰苦斗争，更加信赖与热爱我们的党，更加热爱我们的社会主义事业，因而发挥更大的干劲，用更高的速度建设我们的社会主义国家。”③杜鹏程说：“我感到要是不把英雄和烈士们所创造的惊天伟业和老一辈无产阶级革命家的历史功勋写出来，就于心有愧。阶级的责任感驱使我，鞭策我一定要拿起笔来。我要用笔反映这场伟大的人民战争，歌颂毛主席战略思想的伟大胜利，歌颂人民解放军、陕北人民的光辉业绩，表达我对彭总等老一辈无产阶级革命家的崇敬热爱之情，用形象的教科书来教育青年一代，使他们接过先辈的革命传统，在社会主义新长征中永往直前。”④由此可见，在那个政治热情空前高涨的年代，从革命战场上走出来的革命历史小说作家同所有新中国的见证人一样，在欢欣鼓舞中期待着新生政权的不断取得前进路途中新的胜利。他们相信文学作为革命事业的一部分会在社会主义事业建设的新的革命过程中产生不可比拟的重大作用。他们衷心地希望自己能够继续以革命参与者的身份为新兴国家的建设做出贡献。而作家源于亲身经历的真切感情则使得他们的作品既具有当时社会的时代烙痕，同时又以亲历性形成一种文学特色，成为

① 曲波：《林海雪原》，人民文学出版社1964年第3版，第585页。
② 冯德英：《苦菜花》，北岳文艺出版社2001年第1版，第499页。
③ 李英儒：《野火春风斗古城》，人民文学出版社1962年第2版，第5页。
④ 福建师范大学中文系编：《中国当代文学研究资料——杜鹏程专集》，1979年10月，第45页。

中国当代文学史上独特的、不可替代的一页。

新历史小说作家对创作的看法是与他们所生活的时代密切相关的。首先，这一时期的写作表现出了市场经济和商品社会的特点，写作对于作家来说已经不再是服务于政治的纯精神性的高尚职业，它需要物质作为基础。“写作对一个作家而言是重要的，市场和商业为作家在写作之前的交流提供了非常好的机会，因为，作品写出来以后，它就是一个商品了。而且商品经济抛弃文化是在十年以前，现在已经进入了相对稳定的状态，一个作家为了赚钱去写作已经很难了，但是，你如果好好写，还是能够赚钱，因为作品写好了可以不断地再版……”①因此，可以肯定地说，写作对作家来说首先是一种谋生手段。在物质保障的前提下，通过作品传达自己的思想和声音也是新历史小说作家区别于革命历史小说作家的特点。

新历史小说作家在宽松、自由的创作环境下大胆地将自己的思想、认识和观念融入作品，“我希望通过这个长篇的写作来表达我对一个完整的世界的整体感觉，以及我对生活、历史整体和全方位的把握，展示几个家族的命运变迁，生活的正常与不正常，人的意识、潜意识和非现实的东西，而不是现实中的整体……严格地讲，以前的写作是练习阶段，它打开了个人情感感觉和世界现实生活的一种通道，用一种对生活进行描述式的写法。而从现在这个长篇开始，这种写法打开了个人情感感觉与想象世界的通道。”②他们试图在更宏大的历史背景下表达对社会、人生更全面的认识，他们将创作看成是自己的事情，是符合自己内心需求的个人化的事情。陈忠实在谈到创作时就认为作家应该“对世界对人生有一种总体的把握和观照，他笔下的人物不但

---

① 张英：《活着，永远的追问——余华访谈录》，《文学的力量》，民族出版社 2001 年第 1 版，第 6 页。

② 张英：《写作向彼岸靠近——刘震云访谈录》，《文学的力量》，民族出版社 2001 年第 1 版，第 228 页。

要有时代的特征,更要有超越时代的丰富内涵,他应该忠实于自己的内心,表达出自己作为一个人对这个时代的爱和恨等等……创作是个人内心的一种需要,体验观察都是个人化的……”。[①] 莫言针对革命历史小说表达了自己的看法:“我觉得好的战争文学应该站在比较超阶级的观点上,应该站在人类的高度上来写。从教科书上看到的历史,泾渭是很分明的,但一旦个体化以后,就会发现与教科书上大不一样……假如你是按照一种口号提倡来写作的话,就要牺牲个人的某些立场,来迎合、来适应……”而且他认为,对于一个有个性的作家来说,“重要的不是写作,而是通过写作把自己与别人区别开来”,[②]通过新历史小说作家所表述的关于创作的看法我们可以看出,新一代作家的创作中包含了更多的创新思想和个性内容。他们源于思索和探询的、富有理性的创作观念与革命历史小说作家在主观感情驱动下形成的创作观念相比,显示出了巨大的时代差异性。

二、对待革命历史态度——从肯定必然到消解权威

就历史空间来说,革命历史小说与新历史小说都是反映 20 世纪中国革命生活的。作为历史小说,革命历史小说注重的是国家在历史生活中的命运,它所表现的革命生活都有明确清晰的历史事实作为写作依据。其中对抗日战争、解放战争的描写都是在客观历史的基础上忠实记录的战争史实。而新历史小说对待这段历史态度却截然不同,他们笔下的革命历史基本上没有被正面表达,只是作为遥远的历史背景出现的。而且,这种背景大多是一个模糊不清的概念化存在,基本

① 张英:《白鹿原上看风景——陈忠实访谈录》,《文学的力量》,民族出版社 2001 年第 1 版,第 198 页。

② 莫言:《从〈红高粱〉到〈檀香刑〉》,《当代作家评论》,2002 年第 1 期,第 17 页。

是没有历史依据的主观臆测，整个文本具有很强的主观和个性色彩。可以说，他们是把历史的范围扩大到人类的范围而不是仅仅是一个国家的历史命运。而且，他们所进行的描写突破了革命历史小说那种单一纯粹的政治视角的局限，用综合的观点解释和分析了中国革命历史的事实。

美国著名“新史学”倡导人詹姆斯·哈威·鲁滨孙早在上个世纪初就提出，虽然国家是人类社会发展的基础，没有人不承认国家的重要性，也没有人主张历史书中可以不讲到国家，但是，“人类的活动不仅是当兵，做臣民，或做君主；国家也决不是人类唯一关心的事情。”①他认为人们应该把历史的范围扩大到包括人类既往的全部活动，用综合的观点来解释和分析历史事实。而灾难深重的中国自从鸦片战争以来就疲于应战，应付来自西方思想、文化、经济、军事各方面的挑战和入侵。传统的国家观念在国难当头时愈发清晰明了起来。现代文学从产生之初就高举着“启蒙救亡”的大旗，以拯救国家、民族于水火之中为己任，文学工具性、思想性远远超过了文学本身应有的娱乐性和趣味性。由问题小说、乡土小说、革命小说到抗战小说、解放战争小说，作家的历史观始终与国家命运相联系，国家几乎成为他们唯一关心的事情。新中国成立之后，革命历史小说继续承继了这种历史观念，将国家的位置牢牢锁定在历史的中心位置。几乎每个革命历史小说的作家都是战争的亲历者，至少是对自己所描写的革命生活的亲历者。他们遵循马列主义，在革命现实主义创作原则的指导下，结合自己的亲身经历，在文学创作中形成了一种严肃、客观的以国家政权为核心的历史态度。他们认为历史是不可亵渎的，在进行文学创作时，作家必须以客观、公正、严肃的态度处理历史问题。因此，他们在自己

---

① 詹姆斯·哈威·鲁滨孙著、齐思和等译：《新史学》，商务印书馆1964年第1版，第9页。

的文学作品中对历史主角的选择是非常明确的,即广大无产阶级劳动者;他们对客观事实的态度也同样明确,即肯定共产党对日本侵略者的战争是保家卫国的正义战争,是解救民众于水火的义举;当国民党对外妥协,对内同室操戈,共产党发动解放战争是为大多数穷苦人谋求光明前景的正义之战;共产党取得最终胜利的革命历史是不以人的意志为转移的必然结果。而事实上,国民党以强大的物质优势败北,本身就证明了历史发展的客观必然性,革命历史小说的产生只是对客观历史的感性表达。但是它们通过真切的情感抒发和客观的事实描摹为当时社会在精神领域建造了一座不朽的丰碑。

"50 年代末、60 年代初出现的长篇创作热潮,不单是以他超忽历史数量,更重要的是以崭新的历史特色和颇能撼动人心的艺术魅力而引起人们注目的。"①革命历史小说作家以客观的历史态度,本着真实再现历史的创作原则,在描写过程中对战争发生的具体时间、地点进行了充分的介绍,在某种程度上充当了历史书记员的角色,使笔下的历史由此增加了客观性和可信性。如《保卫延安》选择了解放战争中西北战场的延安保卫战作为小说的中心事件,通过这场对解放战争具有全局意义的战役描写,反映了解放战争初期敌强我弱情况下,解放军采取了正确的战略战术,终于扭转了严重的形势,经受了严峻的考验,开始由被动转向主动。《林海雪原》描写了特殊的环境、特殊的生活和用特殊的方法进行的军事斗争,是第三次国内革命战争时期东北战场的一个侧面。由此,使革命历史小说在当时确定了一种新的历史观,它们使人们确信,历史发展是必然的,是不以人的意志为转移的;中国共产党所领导的革命是正确的、符合历史发展规律的,因而是必然胜利的。

在新历史小说创作的年代,建立在意识形态基础上的必然、客观

---

① 陈美兰:《中国当代小说创作论》,上海文艺出版社 1991 年第 1 版,第 14 页。

的历史观念已经处于弱化状态,中国的现代性转型对中国社会的思想文化造成巨大冲击,全球化和城市化以及跨国资本和西方高新技术的大量输入使社会生活和观念都产生全新的变化,通过文学叙事建构历史成为文学往事。作为极具思想活力和创造魄力的作家,莫言、刘震云、余华、陈忠实等人以新颖的新历史小说的文学样式改变了读者对革命历史的认识。他们的新历史小说是以革命历史小说为参照基准进行创作的,其目标之一就是挑战和颠覆革命历史小说所建立的历史观念。这些作家对主流历史怀疑并且进行反思,"大家意识到,'红色经典'固然不是一无可取,但的确存在着很多问题。我们心目中的历史,我们所了解的历史、或者说历史的民间状态是与'红色经典'中所描写的历史差别非常大的。我们不是站在'红色经典'的基础上粉饰历史,而是力图恢复历史真实。也就是说,我们比他们能够干得更文学一点,我们能够使历史更加个性一点。"①他们相信生活本身的丰富性不是革命历史小说一种模式就能涵盖全部的。他们追求文学本身的多样性、艺术性和技巧性,力求改变革命历史小说中观念先行的做法,在不含感情色彩的基础上将历史还原为杂乱无章的状态。他们不去判断历史的是非曲直,只想在几乎被恢复原貌的杂乱历史生活中展示使读者感到陌生的、完全不同于过去小说中所描述的一种革命历史状况。强调历史的偶然性,强调作家主体的个性色彩,将客观历史的严肃性与文学艺术的娱乐趣味性剥离,使得原本客观、严肃的革命历史在他们笔下充满了偶然性和主观个性色彩。

新历史小说作家思想较为深刻,对历史素材不做简单化处理,同时,受西方后现代思潮的影响,消解神圣,解构历史,肯定历史中的偶然因素。总体来说,其文学艺术水平有所提高,能够细致观察社会历史生活的表层结构,反思各种思潮、运动的深层原因,试图判断历史的

---

① 莫言:《从〈红高粱〉到〈檀香刑〉》,《当代作家评论》,2002 年第 1 期,第 14 页。

合理与不合理,但是未形成解构之后的历史观,是一种不明确的历史观。

新历史小说作家在历史认识方面有偏差,即,以非历史的态度展示生活,用形而上的思维判断"过去全错"。如《丰乳肥臀》中花费大量笔墨描绘的、唯一的由共产党所领导的抗日武装力量——铁路爆炸大队,是纪律松散(马童事件引发一连串的酗酒、斗殴事件)、不讲政策(哑巴强奸民女得以成婚)、不择手段(劫持沙月亮襁褓中的女儿为人质)、花天酒地(鲁大队长与崔干娘的交情、蒋政委与上官盼弟的苟合)的乌合之众。他们的结局也是革命历史小说绝对不会出现的——在毫无戒备的状态下被还乡团包围,在彻底缴械的情况下狼狈离开大栏镇。在小说中,抗战时期沙月亮领导的伏袭战、司马库领导的炸火车行动,都不是政治行为,整个战斗过程体现出一种民间自发的为生存而奋起反抗的暴力欲望。这在很大程度上弱化了历史战争所具有的政治色彩,将其还原成了一种自然主义式的生存斗争。此外,日本侵略中国的血腥罪行是众所周知不言而喻的,国民党还乡团的残暴也是有目共睹的,但是作者的描绘却往往违背了客观历史事实。为此,亲历战争的人在阅读之后发出了愤怒的呐喊:"这是对死难烈士、对我们这些老战士们的极端不负责任的侮辱和污蔑……作者把整个抗日战争,把根据地人民,把人民军队都有意地放在一个被嘲弄的、被讥笑的、被歪曲的地位上,这是完全不真实的"。①

新历史小说试图在解构历史的基础上改变前人的描述,但是,他们的描述往往缺少对历史应有的历史态度,过于注重个别和偶然性因素。如《丰乳肥臀》中,关于日本侵略的描写只有很少一部分,可是在描写他们残酷杀戮的同时,作者又将他们描绘成拯救了上官母子三人

① 汪德荣:《浅谈〈丰乳肥臀〉关于历史的错误描写》,《中流》,1996 年第 7 期,第 31 页。

的救世主，于是，客观历史上明确记载的惨无人道的侵略者的罪恶本质在这意外、偶然的人道主义事件中被淡化了，由此引起了社会各界的一致谴责。其他小说虽然没有如《丰乳肥臀》那样引起社会上的轩然大波，但是认真仔细地揣摩其中的细节却不难发现蕴涵其中的极端化的历史态度。可以断定，他们的这种思维模式是转折年代的必然产物，是一种过渡状态。他们的初衷是恢复历史真实面貌，但是，“人对他所接触的内外世界都不可能拥有完全无误的真知，人对自己对客观都只有经验，而经验不过是人在感觉基础上对事物的一种理论化的解释。”①因此，在这恢复的过程中充满了作家的主观判断和臆测，客观的革命历史在他们笔下同样不可能再现和重现。

新历史小说有杜撰历史的倾向，作家描写时不是还原原貌，而是以非历史的态度，用今天的眼光看待昨天的事情。“物质生活的生产方式制约着整个社会生活、政治生活和精神生活的过程。”②而他们使用的是一种超历史的办法，以写作年代的生产方式去理解和描绘被写作年代的社会生活、政治生活和精神生活。比如小说中广泛存在的泛性色彩就是改革开放后经济发展的副产品。另外，从某种程度上说，新历史小说比革命历史小说更概念化，它们将很多理论上可能但实际上根本不可能产生的现象当作事实来描写，缺乏生活依据。如，上官家汇聚一堂的各种政治力量；朱先生传奇式的人生经历；一个村落中权力的复杂纠葛等等。新历史小说中很多东西无法还原为生活本身，是纯理论性的。作者淡化了阶级间的矛盾冲突，着意描写人类共性，试图用人性去诠释革命历史，从而忽略了时代背景的客观性，是一种象征性的、杜撰的个案描写。

---

① 郑敏:《结构——解构视角:语言 - 文化 - 评论》,清华大学出版社 1998 年第 1 版,第 10 页。

② 马克思:《〈政治经济学批判〉序言》,《马克思恩格斯选集》(二),人民出版社 1972 年版,第 82 页。

三、写作本身的发展——从现实主义传统叙事到魔幻现实主义现代派技巧

革命历史小说与新历史小说从写作本身上来看也有很大的差异。革命历史小说作家受传统文化影响颇深,采用的基本是中国传统叙事方法,在行文中注重严肃的思想意义和情节的完整有序性,以俯视的姿态勾勒图景;新历史小说作家在创作方面具有积极的开放性,勇于接受外来新鲜事物,写作手法复杂多样,受现代写作技巧的影响很大,表现在文本中则是叙述时空上的跳跃行进,情节上的杂错交融,魔幻现实主义以及其他西方现代派技巧在文中频频出现。

首先,从叙事方法来看,《林海雪原》、《保卫延安》、《野火春风斗古城》、《风云初记》、《苦菜花》等革命历史小说在叙事方法上采用的都是全知全能的第三人称叙事,这种叙述方式本身就包含着一种俯视姿态。《苦菜花》开篇楔子部分就是非常典型的一种总揽全局,俯视一切的描写方式,首先,作者以俯瞰的姿态从地理空间的角度切入,"在山东昆仑山一带,到处是连绵的山峦,一眼望去,像锯齿牙,又像海洋里起伏不平的波浪。山上长满了各种各样繁茂稠密的草木,人走进去,连影儿也看不见。"紧接着,作者又从时间的角度描绘了这个地区在四季中的迷人景象,"春天……夏天……秋天……冬天……"。最后,作者从社会生活的角度描述了劳动人民虽然日夜劳作在这肥沃土地上却过着贫穷、痛苦的生活,直接点明受压迫的人们已经在反抗,而且,"这东西深深埋藏在他们的肺腑里,不易起动。只有抽动了它的导火线,它才会天崩地坍地爆发",预示着革命萌芽的生长,为后续篇章埋下伏笔。综合来看,这篇楔子的篇幅虽然不长,但却以无所不知、无所不能的俯视姿态从空间、时间以及社会生活等各个方面展示了一个内涵丰富的场景,而后来全部故事的发生基本上都是从这个场景延伸

开来，整个小说的情节在同一平面逐步蔓延。而新历史小说则不然，它们的叙事角度多种多样，而叙述层次表现为曲折幽深，层层递进。《白鹿原》、《丰乳肥臀》、《活着》、《故乡天下黄花》等新历史小说采用的都是多视角、多层次的叙事方法，情节线索复杂多变，叙事由不同人物从不同角度展开，故事内容和情节多有模糊性和不确定性。仅以一部小说为例就能显示出新历史小说与革命历史小说在叙事上的巨大差异。

在开篇叙事上，《丰乳肥臀》第一章是第三人称叙事；由第二章开始，以"我"的视角展开叙述，但是叙事情节并不局限于"我"视野，"我"只是一个叙述的指代，不具备叙事的完全意义，因此，作为一个叙述者，"我"叙述了所有的情节，包括"我"经历的和没有经历的；在第五章，叙事变得更为复杂，第三人称和第一人称杂错交揉，甚至在一个小节中也会出现叙事角度的转换；而在第七章，"我"又以全知全能的视角讲述了母亲上官鲁氏从襁褓期到成长、婚嫁、借种、生育乃至最终孕育了"我"的全过程；最后，是名为"七补"的七篇补充内容，视角多变，情节跳跃，为全文做了圆满的补充。而且，新历史小说的开篇内容与革命历史小说也有很大差异，读者很难从中看出后续故事的内容和基本方向，尤其无法看出革命历史生活在小说中会有什么表现。《丰乳肥臀》由马洛亚牧师充满魔幻色彩的梦开始，而后是上官鲁氏的难产、司马家女眷逃难，最后，司马亭拖着长腔唱着高调转着圈儿对整个高密东北乡发出警告："父老乡亲们，日本鬼子就要来了！"《白鹿原》开篇详细讲述了地主白嘉轩的婚史、性事，在革命历史小说中一目了然的时间、地点等客观事物都需要读者从字里行间去寻觅，但即使看得非常仔细，读者也无法从开篇叙述中把握后续章节可能讲述的故事；《活着》有两个层次的"我"，一个是十年前收集民间歌谣的"我"，一个是十年前收集民间歌谣时碰到的"我"——福贵，因此，所有的故事都是从第一人称"我"的视角展开，"我"在到处游荡中遇到了一个叫福贵的老人,然后听他讲“我”由大富大贵、家道中落、抓丁打仗、亲人离世到最后自己一人孤苦伶仃度日的辛酸故事;《故乡天下黄花》是按照中国传统小说的方式,以全知全能的第三人称的叙事手法将故事发生的时间、地点都详细地介绍给读者,但是,与革命历史小说不同的是它由虚构的微观细节切入,从民国初年腊月初四夜里村西土窑里的凶杀案展开故事。

革命历史小说采用的简单明了、线索清晰的叙事方式,是一种平面铺开的单层次的写作,属于“大团圆”式的封闭结构。在开篇的叙述中,以客观历史事实为基础拟定的时间、地点、人物往往就有条不紊地被介绍出来,加上二元对立思维模式在社会中的普遍应用,读者能够比较顺利地通过开篇介绍对故事中对峙的双方产生一个概括的认识。如《苦菜花》通过母亲一家展开叙述。在他们的家庭中,政治倾向统一,革命立场坚定,作者的叙述沿着他们参与革命的线索顺时展开,整个叙述基本上是由穷人受压迫而甘于压迫——懵懂的觉醒——自发抗争——自觉抗争——坚定信念——取得胜利这样一个主要线索展开的,其他所有枝节叙述都是在同一层面上展开的辅助叙述。《林海雪原》的故事发生在解放战争期间的晚秋时节,地点在东北地区的深山老林,甚至可以更具体到奶头山、夹皮沟、二道河桥、威虎山等这些确有其事的地理名称,而少剑波等主要人物也在一开场就被一一罗列出来,随后发生的所有故事都是紧紧围绕着剿匪这条主线在同一层面展开的。《保卫延安》在叙事上更具体,开篇就明确说明时间在 1947 年 3 月初,地点是冰天雪地的吕梁山,人物是人民解放军的一个纵队,故事情节是保卫延安战役中的感人事迹。《风云初记》也同样在开篇详细、清楚地说明了故事发生的时间是在 1937 年 5 月,地点是在滹沱河岸边的子午镇,人物是由秋分、春儿两姐妹铺展开来的镇中的革命力量,故事由子午镇革命运动的开展延伸开来。以上所有的叙事采用的都是单层次的模式,没有新历史小说那种纷繁复杂的多元描绘,线索清晰明了，情节曲折动人。

其次，从表现手法来看，革命历史小说采用的基本是中国传统小说那种平铺直叙的表现方式，最常见的辅助表现手法是倒叙或插叙；其情节基本上是顺时发展，讲求故事的完整有序性；通常以白描手法进行人物形象的塑造刻画。虽然从表现手法上看比新历史小说显得单调些，但是，不可否认，革命历史小说在当时是一种具有开创性意义的存在，它将时代思想和文学形式紧密地结合在一起，开创了中国当代文学的新模式。而相隔近半个世纪的新历史小说同样具有开创意义，是中国文学借助西方现代写作技巧的丰硕成果。它借助意识流、潜意识、魔幻、审丑意识、死亡意识等西方现代写作技巧与观念，表现出有别于革命历史小说的跳跃式行进的情节状态。其中，在革命历史小说中缺失的关于梦境、幻象的描写在新历史小说中具有非常显著的地位。这种描写手法是八十年代由西方传入我国的诸多现代写作技巧之一，对新时期中国当代文学的各个流派都产生过非常大的影响。

《白鹿原》中，田小娥挥之不去的冤魂、白嘉轩梦中那只流泪的白鹿、朱先生去世时前院里腾起并掠过屋脊消逝的白鹿；《丰乳肥臀》中，马洛亚牧师梦中和谐运行、状如性器的天体、上官金童在逃难途中那似真似幻的遇鬼经历，这些充满梦幻色彩的意向除去本身的意义外还都具有丰富的潜意识、魔幻意识的深层内涵。新历史小说还将过去文学作品中视为禁忌的丑陋的东西作为促进情节发展的因素置于感性描写中，体现了新时代的"审丑意识"。在《活着》中，拉屎这件难登大雅之堂的事情堂而皇之地闯入了读者的视野。虽然在《苦菜花》等革命历史小说中也曾提及这种人生必然之事，但通常是一带而过，点到为止。而在《活着》中，为了表现"我"爹的与众不同，作者不厌其烦地精心描写了"我"爹拉屎的事情。开篇不久，就写道，"他不爱在屋里床边的马桶上拉屎，跟牲畜似的喜欢到野地里去拉屎。……我爹年纪大了，屎也跟着老了，出来不容易，那时候我们全家人都会听到他在村口嗷嗷叫着。”在他生命即将终结之时，仍然写他拉屎的事情，“那天傍晚我爹拉屎时不再叫唤……”。《故乡天下黄花》中也有在革命历史小说中没有过的“审丑”描写。鬼子扫荡时，汉奸孙毛旦被误认为“欺骗皇军”，一个日本兵“一刺刀扎到他肚子里。随着刺刀往外拔，肠子也涌了出来。孙毛旦一头倒在地上，一边往肚子里塞肠子，一边说：‘别，别，我的肠子……’若松又放出一条日本狼狗，上来与孙毛旦争肠子。孙毛旦往肚子里塞，狼狗往嘴里吃……”，这种血淋淋的场景在作者冷漠的叙述中显得愈发残酷了。

第三，在语言风格上，革命历史小说呈现出含蓄、端庄、凝重、朴素、清新的整体风格。以描写爱情的语言为例，如：

“芒种望着天河寻找着织女星。他还找着了落在织女身边牛郎扔过去的牛勾槽和牛郎身边织女投过来的梭。他好像看见牛郎沿着天河慌忙追赶，心里怀恨为什么织女要逃亡。他想：什么时候才能置得起一身新人的嫁装，才能雇得起一乘娶亲的花轿？什么时候才能有二三亩大小的一块自己名下的地，和一间自己家里的房？

半夜了，天空中滴着露水。在田野里，它滴在拔节生长的高粱棵上，在土墙周围，它滴在发红裂缝的枣儿上，在宽大的场院里，它滴在年轻力壮的芒种身上和躺在他身边的大青石碌碌上。

这时候，春儿躺在自己家里炕头上，睡得很香甜，并不知道在这样夜深时，会有人想念她。她也听不见身边姐姐长久的翻身和梦里热情的喃喃。养在窗外葫芦架上的一只嫩绿的蝈蝈吸饱了露水，叫得正高兴；葫芦沉重地下垂，遍体生着像婴儿嫩皮上的绒毛，露水穿过绒毛低落。架上面，一朵宽大的白花，挺着长长的箭，向着天空开放了。蝈蝈叫着，慢慢爬到那里去。”（《风云初记》9页）

这段优美、诗化的语言给人以清新、宁静的审美感受，我们仿佛可以看到滹沱河畔美丽的夜色。青年男女之间纯洁的爱情在含蓄的语言中舒缓地、自然地流出，充满渴求和期望的感情花朵在美丽的夏夜愈发灿烂起来。

傍晚，天空泛起淡淡的红晕，和这两个青年人（德强和杏莉）的笑脸相媲美。鸟儿呼叫着飞进窝窠，唱出这一对年轻人的愉快心情。

两个人沿着山麓下的曲折小道，肩并肩，膀挨膀，漫步走着。

北方秋天的晚上，是很有些凉意的，老年人都要穿上棉衣才行。可是，他们穿着单衣还感到热火。这一不是走久了，二不是走得急。那是为了什么呢？原来两个人的心中，都有东西在燃烧，烘炙着全身。（《苦菜花》294 页）

这段文字从外部环境描写开始，情景交融，借景添姿，将真挚、纯情的少年男女的恋爱情状简洁、自然地表达出来。少年们恋爱的喜悦在夕阳西下中悠然升起，久久回荡在读者的心头。

白茹两只眼睛，已从他的笔尖，移到了他的脸上。灯光下，剑波的脸和他的心一样，是那样的善良，是那样的刻苦坚韧。他写得是那样快，就像是在写家书一样。看着，看着，白茹好象被人发现了内心的秘密似的，脸上泛起了一阵红晕，她的眼光急忙地移开了剑波的脸，低下了头，羞涩地望着自己的脚尖。（《林海雪原》193 页）

虽然没有只言片语的相互表达，但是通过清新、明丽的文字描写我们可以毫不费力地看出爱情的滋生、发展正在进行，美丽少女的羞涩和局促展示了无尽的爱意，成为整个作品中亮丽的风景。

新历史小说在遣词造句方面大胆、新颖，体现了绚丽、诡异的语言风格。同样以描写男女双方的爱情关系为例，新历史小说的描写总是直接、张扬、赤裸裸的，呈现了与革命历史小说大相径庭的语言风格，例如以下文字：

一九三八年初夏，在人迹罕至的沙梁子上稠密的槐树林里，马洛亚牧师虔诚地跪在烙伤初愈的母亲身边，颤抖着通红的大手，轻轻抚摸着母亲的身体。他的湿润的红唇哆嗦着，蓝色的、水汪汪的眼睛与从繁茂的槐花中漏下来的高密东北乡湛蓝的天空融为一色，他断断续续地低语着:“……我的妹子……我的佳偶……我的鸽子……我的完全人……你的大腿圆润好象美玉,是巧匠的手作成的……你的肚脐如圆杯,不缺调和的酒……你的腰如一堆麦子,周围有百合花……你的双乳好象一对小鹿,就是母鹿双生的……你的双乳好象棕树上的果子累累下垂我要上这棕树,抓住枝子。愿你的双乳好象葡萄累累下垂……你鼻子的气味香如苹果;你的口如上好的酒……我所爱的,你何其美好!何其可悦!使人欢畅喜乐……”

在马洛亚感人肺腑的赞美声中,在马洛亚温存体贴的抚摸下,母亲感到自己的身体像一片天鹅的羽毛一样飘起来,飘在高密东北乡湛蓝的天空中,飘在马洛亚牧师湛蓝的眼睛里,红槐花和白槐花的闷香像波涛一样汹涌。马洛亚牧师凉爽的精子像箭簇一样射进了子宫时,母亲眼睛里溢出感恩戴德的泪水。这一对伤痕累累的情人在窒息呼吸的槐花香气里百感交集地大叫着……(《丰乳肥臀》643页)

绮丽的语言直接将成年男女那充满欲求的欢爱场面赤裸裸地暴露在读者面前。充满性的意味的各种意象次第出现,“圆润的大腿”、“下垂的双乳”、“如圆杯的肚脐”……更有甚者,如“凉爽的精子”、“子宫”以及“百感交集地大叫着”……这些描写直截了当地展示了中国传统文化中一向讳忌颇深的性爱描写,显示出了新一代作家在语言运用方面的大胆、直接。

他(鹿兆鹏)的整个身躯就是一座火山,震颤着呼啸着寻求爆发。她(白灵)那时候突然意识到自己也是一座火山,沉积在深层的熔岩在奔突冲撞而急于找寻一个喷发的突破口;她相信那种猛烈的燃烧是以血液为燃料,比其它任何燃料都更加猛烈,更加灿烂,更为辉煌,更能使人神魂癫狂;燃烧的过程完全是熔化的过程,她的血液,她的骨骼和皮毛逐渐熔化成为灼热的浆液在缓缓流动;她一任其销熔,任其流散而不惜焚毁。突然,真正焚毁的那一刻到来了,她的脑子里先掠过一缕包含着桃杏花香的弱风,又铺开一片扬花吐穗的麦苗,接着便闪出一颗明亮的太阳，她在太阳里焚毁了……火山骤然掀起的爆发和焚毁迅猛而又短暂，爆发焚毁过后是温馨的灰雾在缓缓漂移，熔岩在山谷里汩汩流淌，整个世界是焚毁之后的寂静和明媚……(《白鹿原》443 页。)

这段文字虽然较前段含蓄些，没有出现直接的与性有关的词语，然而，相较于革命历史小说来说在语言上仍然是以大胆、新颖、奇异为特点，其中以火山爆发、冲撞、燃烧等意象来暗示男女媾和的过程，而后又以各种富含美好内涵的意象来展示性爱的美好，如，“桃杏花香的弱风”、“扬花吐穗的麦苗”、“温馨的灰雾”以及“焚毁之后的寂静和明媚”，是一种与革命历史小说截然不同的绮丽、张扬、大胆的语言风格。

综上所述，我们可以看出，从革命历史小说到新历史小说，文学写作本身也发生了本质性的变化。无论是叙事方法，还是表现手法，亦或是语言风格，都随着时代的发展变迁而变化了。这种变化亦是时代特征使然，我们无法评述其优劣好坏，因为，每个时代的文学创作都有属于那个时代的独特的时代特色，都带有属于那个时代的、深深的时代烙印。

结束语

以历史题材为描写对象的文学并不是历史本身，它只是作家对历史的一种感性体验，永远不能替代历史。但是，文学具有不能忽视的、由文字和形象带来的教育、宣传效应。作家应注意文学和历史的距离问题，尤其应该尊重历史，理解历史，不能把非历史的东西强加于历史。巴尔扎克认为："教育他的时代，是每一个作家应该向自己提出的任务，否则他只是一个逗乐的人罢了"；①杜勃罗留波夫认为，"文学——其实一向是教育的旅伴：文学的发展和受教育阶级的要求的发展，一向是平行的"，②因此，作家必须以严肃、客观的态度，审慎地处理历史题材，以避免出现重大的历史谬误，造成教育的负面效应。就此而言，革命历史小说和新历史小说在对历史的理解方面均有超历史的一面，都让作品中的人物超前树立起后一时代的观念。但是革命历史小说是因创作需要无心为之，而新历史小说却是有意借古人的口说现今的话，所以在此方向上走得较远。

革命历史小说的产生是时代需要，作为当时的社会个体，作家无

① 巴尔扎克：《致"星期报" 编辑意保利特 · 卡斯狄叶先生书》，《文艺理论译丛》，1957 年第 2 期，第 36 页。

② 杜勃罗留波夫：《"外省散记"》，《杜勃罗留波夫选集》（一），新文艺出版社 1957 年版，第 7 页。

法违背时代潮流和时代需求。那是一个牺牲个性成就群性的时代,作家们以《在延安文艺座谈会上的讲话》为指导思想,以自我认同的生活经历为写作依据,通过塑造完美、正义、高大的英雄形象来满足当时社会对文学的需要。基于对现实生活的亲身体验,革命历史小说作家真实、生动地描述了一种客观事实:当农民所受的经济剥削到了难以忍受的地步,必然会走向反压迫的斗争,而这种斗争实际上体现了作为生产的人要冲破不合理的生产关系的要求。革命历史小说以反抗暴力为重要线索的描写,正是那个历史时期具体形势的真实写照。小说中的人物把战胜敌人当成性命攸关的大事,积极应战,有信念支持,靠精神统一,声势浩大,不可遏止。

成功的文学作品中包含的思想是丰富而深刻的。革命历史小说在反映革命历史生活时揭示了旧中国对立阶级间压迫与反压迫斗争的残酷性,展示了中国劳苦大众在中国共产党的领导下逐步走向革命的觉醒,并最终获得身心解放的艰难路程。革命历史小说作家以尊崇的心态面对中国革命历史和当代社会生活,并以革命现实主义与浪漫主义相结合的手法成功地创造了自己尊崇的人物和故事。他们的作品围绕阶级立场铺陈的革命、英雄、阶级、苦难等意象将阶级的思想和观念渗透于文学形象,进而给读者以启迪和教育。在今天看来,这种作法体现了一种两难境遇,即,它虽然具有时代的合理性但却刻意回避了对人物自然本性的描写,没有能够充分体现人的自然欲求在生活中的地位,相较而言,新历史小说则比较充分地反映了人的自然本性的要求。

革命历史小说关注的是故事情节,着眼点在于故事的意义;新历史小说关注的是人的生存状态,着眼点在于人的价值和意义。革命历史小说中的人物高度典型化,其实是作者将当时时代的共性融于个性人物中,通过虚构的人物形象来展示时代风云的共性。而新历史小说则是化时代共性为个性,注重展示历史社会中具体的个体生命的生存与消亡。

革命历史小说表现历史的必然性,从历史发展的基本矛盾运动中揭示历史本质。十七年的作家大都是革命斗争历史的亲历者和局中人,他们对历史的理解和感知同他们关于这段历史的信念紧密联系在一起。他们所说的"历史"融合了自己关于历史发展的坚定的信念。他们力图用马克思主义的社会历史观来看待历史人物和历史事件,如阶级分析的观点、社会发展的观点等,重视对英雄人物的塑造,形成了庄严、崇高、严肃的艺术风格。作品中的人物是表达一定思想的工具,阶级属性明显,叙述者都是意识形态代言人的身份。革命历史小说描写的是宏伟的大历史,作品中的英雄形象在面对生与死的抉择时所表现出来的价值取向在很长一个时期里规范着社会生活的价值导向。英雄人物作为无产阶级精英的化身,成为人们永远追求但又永远无法达到的崇高目标。由于强调革命英雄主义,革命历史小说中的胜利者突出了战争的合理性、正义性,不宣传残酷而注重表现胜利的伟大。而新历史小说以强烈的理性主义怀疑这一切,他们根据历史或想象,以颠覆解构的态度去看待革命历史小说,以当代人写人性的方式来还原战争状态。在革命历史小说盛行的那个年代,文学创作的主题思想主要是表达社会政治生活、表达人的政治属性及其具体形态,革命历史小说是作家们在真实历史的基础上拔高的产物,情节可亲,但同时也因为受历史真实的限制,不能展开丰富的联想,使得人物和情节显得过于拘谨、严肃。并且,那一代作家过于重视文学的工具性而忽视了文学的本性,从而从主观认识上把文学理解为政治斗争的工具、生活的教科书和生活的镜子。而当时的读者则普遍把文学作品看作是"生活的教科书",他们阅读文学作品目的在于从中认识生活,接受教育,而不是追求审美享受。

新历史小说不是一个时间上的概念,而是在一定时代背景下,一群对近代革命史尤其是中共党史有着相近看法的作家的创作。在改革开放后的年代里,文学与作家从社会的中心地位向边缘发生了位移,不再是社会的宠儿,神圣的"人类灵魂的工程师"的金字招牌已悄然远去,作家必须重新在社会中寻找自己的位置。与革命历史小说相比,新历史小说的作者是在没有生活基础的想象空间描摹历史,完全从理论概念出发去还原、再现历史,有合理真实性但却无法还原为真实生活。革命历史小说中二元对立的深度模式在这里被消解,偶然性、非因果性、非逻辑性、非政治性因素成为重点,道德伦理色彩、政治意识被淡化,小说的主题相对于革命历史小说来说变得越来越隐蔽、潜在。这时期的文学作品为读者提供了新的历史叙述方法、新的历史观念和新的艺术表现手法。新历史小说作家们将家族史与现代革命史结合起来写,立足于民间和边缘文化的立场,从某种意义上来说,他们的描写反映出了中国现代革命史的另一面。但是,他们描写的大部分内容和情节是既无史料可寻又无法实地考证的。他们多以社会底层的普通人的生活作为表现对象,人类生活的日常性、世俗性甚至是卑琐性成为被关注和表现的对象。因此我们可以说,新历史小说作家不是像革命历史小说作家那样力求客观记录和再现历史,而是借历史的氛围来抒发自己的历史意识和历史感慨,他们关注普通人在动荡时代的生存方式、生存状态。他们笔下绝少有英雄出现,即使有,也毫不讳饰他们身上的缺点和弱点。历史在这里是一道背景,更好地衬托了人物的悲欢离合,作者放弃对所讲述故事的价值判断,保持着所谓的"零度情感",有意识地避免主体情绪和主体意向的流露,放弃对作品文本进行干扰、控制的种种可能,以保证生活形态的真正还原,具有躲避崇高的审美特性。

文学对历史的认识离不开历史本身,这种认识过程也是一种历史现象,因为,当代人只能用当代人的立场看历史,从这个角度来说,革命历史小说与新历史小说均是具有当代意识的文学作品。"历史的后来者总是比前辈显得更聪明、更具博识,但是无权忽视前行者在他们那个历史环境中所作过的艰辛努力以及所获得的成果。更何况,这些前行者当年的探足对于今天宽广艺术道路的开拓是有直接相通的意义呢!"①从革命历史小说到新历史小说,我们可以看出当代文学已经从政治的附庸、社会教化的手段返归了自身,具有了更强的自我独立性和文艺娱乐性。革命历史小说体现了"以阶级斗争为纲"的政治主题,号召人们要放弃自我、甘当工具,强调只有奉献,才能发挥和实现人的价值,比较真实的揭示了抗战时期的农村生活,但是工具性大于艺术性,强化了非文学社会责任,注重宣传,忽略了艺术性,过于注重的政治生活描写,忽视了平民生活的描写。由于写作过于直白,革命历史小说在艺术创新上显得欠缺,虽然对"革命+恋爱(人性)"的旧形式进行了有益的探索,但未能很好地协调,所以显得生涩,不到位,在字里行间清晰地透露出了政治宣传的特色。新历史小说则体现了"以经济建设为中心"的社会生活中的理性主义、务实精神,追求文学的艺术性,关注战争年代人的生存处境和生存方式,以及生存中感性和生理层次上更为基本的人性的内容,表现了平凡农民人性的压抑和扭曲,在载道方面则是注重宣传一种正义感,但是由于价值判断模糊,有些作品未能体现思想亮色。

"文学是人民的意识,它像镜子一般反映出人民的精神和生活",②它借助于形象来表达思想。如果说革命历史小说是通过塑造具有高尚品质、思想、情感的人物形象来打动和感染读者,那么,新历史小说则是通过对饮食男女本能、本性的描摹,表现了社会现象,社会事态和社会人的各种关系、矛盾。虽然同样的革命历史在他们笔下以不同的形象展现出来,但是,我们并不能由此去判别这两种文学现象的优劣、真伪,因为它们本身就是一种客观存在的历史现象。

---

① 陈美兰:《中国当代小说创作论》,上海文艺出版社1991年第1版,第115页。

② 别林司基:《一八四〇年的俄国文学》,《别林斯基论文学》,新文艺出版社1958年版,第74页。

小说是社会生活的化石,通过对这两类小说的研究,读者可以了解文本描述对象以及文本创作时期的包括政治、经济、文化、思想在内的广阔的社会生活。"文学价值的判断永远是一个观念性的问题,对读什么样的作品,写什么样的作品,人们一直不断地进行选择,因此对价值的判断也会发生变化。人们的兴趣爱好,是在一种强有力的价值体系内产生的,所以评价文学作品的标准,必须是依照历史条件的变化决定的。就是说,要理解一部文学作品,必须把它重新置于产生它的历史环境中来考察,了解它产生和形成的条件与方式,了解它怎样形成自身的特点,了解它为什么能够引起人们的注意。"①作为各自时代的优秀作品,这两类小说在问世之初都产生过巨大的社会影响,对研究者具有同样重要的研究价值,今后仍会成为后来者珍视的艺术宝藏。我们不能超越时代,抛开客观历史背景进行评判。因为,只有公正对待历史,文学才能逐步趋向成熟和繁荣。

① 孟繁华:《梦幻与宿命——中国当代文学的精神历程》,广东人民出版社 1999 年第 1 版,第 4 页。

主要参考文献

［期刊文献］

盛兴军:《艺术真实的困境与出路》,《文艺评论》,1997 年第 5 期。

郭术兵:《评新历史小说的先锋特质》,《文艺评论》,1998 年第 3 期。

丁帆:《“现代性”与“后现代性”同步渗透中的文学》,《文学评论》,2001 年第 3 期。

姜振昌:《〈故事新编〉与中国新历史小说》,《中国社会科学》,2001 年第 3 期。

程光炜:《牺牲的意义——关于 50 - 70 年代战争题材小说英雄形象的重新思考》,《海南师范学院学报》,2001 年第 1 期。

陈晓明:《破裂与见证:新情感的变迁或危机》,《作家》,1993 年第 3 期。

张军、莫言:《反讽艺术家——读〈丰乳肥臀〉》,《文艺争鸣》,1996 年第 3 期。

陈晓明:《反抗危机:论“新写实”》,《文学评论》,1993 年第 2 期。

白烨:《“后新时期小说”走向刍议》,《文艺争鸣》,1992 年第 6。

雷达:《废墟上的精魂——〈白鹿原〉》论,《文学评论》,1993 年第 6 期。

南帆:《再叙事:先锋小说的境地》,《文学评论》,1993 年第 3 期。

洪治纲:《生命末日的体验——论后新潮小说死亡描写的文学特征及其意义》,《文艺评论》,1993 年第 4 期。

陈忠实:《〈白鹿原〉创作漫谈》,《当代作家评论》,1993 年第 4 期。

李洁非:《实验和先锋小说(1985 - 1988)》,《当代作家评论》,1996 年第 5 期。

肖鹰:《九十年代中国文学:全球化与自我认同》,《文学评论》,2000 年第 2 期。

吴义勤:《“历史”的误读——对于 1989 年以来一种文学现象的阐释》,《文艺评论》,1993 年第 4 期。

张韧:《中国当代文学与 20 世纪世界》,《学习与探索》,1997 年第 1 期。

朱寨:《长篇小说与现代主义》,《文学评论》,1998 年第 2 期。

陈晓明:《“历史终结”之后:九十年代文学虚构的危机》,《文学评论》,1999 年第 5 期。

陆炜:《虚构的限度》,《新华文摘》,2000 年第 4 期。

[**图书文献**]

《马克思和恩格斯论文学与艺术》,人民文学出版社 1982 年版。

《马克思恩格斯论历史科学》,人民出版社 1988 年第 1 版。

《列宁选集》(四),人民出版社 1972 年版。

《毛泽东选集》(一、二、三),人民出版社 1991 年版。

冯友兰:《中国现代哲学史》,广东人民出版社 1999 年版。

季羡林:《比较文学与民间文学》,北京大学出版社 2001 年版。

宗白华:《美学散步》,世纪出版社 2000 年版 。

胡适:《白话文学史》,百花文艺出版社 2002 年版。

宗白华:《学术文化随笔》,中国青年出版社 1996 年版。

钱钟书:《写在人生边上》,生活读书新知出版社 2002 年版。

王元化:《文存沉思录》,上海文艺出版社 1997 年版。

李泽厚:《中国思想史论》(现代、近代、古代),安徽文艺出版社 1999 年版。

郑敏:《诗歌与哲学是近邻》,北京大学出版社 1999 年版。

陈平原:《中国小说叙述模式的转变》,北京大学出版社 2003 年版。

王岳川:《中国镜像》,中央编译出版社,2001 年版。

钱理群:《心灵的探寻》,北京大学出版社 2000 年 版。

王晓明:《二十世纪中国文学研究》,东方出版中心 1998 年版。

许子东:《当代小说阅读笔记》,华东师范大学出版社 1997 年版。

高清海:《人就是“人”》,辽宁人民出版社 2001 年版。

刘中树:《〈呐喊〉〈彷徨〉艺术论》,吉林大学出版社 1999 年版。

张福贵(等):《20 世纪中国文学的文化批判》,时代文艺出版社 1999 年版。

孙正聿:《哲学通论》,辽宁人民出版社 1998 年版。

陆杰荣:《哲学境界》,吉林教育出版社1998年版。

王学谦:《自然文化与20世纪中国文学》,吉林大学出版社1999年版。

孟繁华:《梦幻与宿命》,广东人民出版社,1999年版。

丹纳著、傅雷译:《艺术哲学》,安徽文艺出版社1999年版。

希利斯·米勒著、郭英剑译:《重申解构主义》,中国社会科学出版社1998年版。

雷内·韦勒克著、张今言译:《批评的概念》,中央美术学院出版社1999年版。

詹姆斯·哈威·鲁滨逊著、齐思和等译:《新史学》,商务印书馆1997年版。

杰姆逊著、唐小兵译:《后现代主义与文化理论》,北京大学出版社1997年版。

后　记

本书是在我的博士学位论文基础上修改而成的，其中一些内容曾经在《文艺争鸣》、《社会科学战线》、《学习与探索》等期刊上发表过，其中与新历史小说相关的章节是吉林省社会科学基金项目“新历史小说研究”（项目编号2007034）的研究成果。

本书能够最终完成，需要感谢很多人。

首先要感谢的是我的博士导师刘中树先生。正是在先生的悉心指导下，我才能够比较顺利地完成博士学位论文；也正是在先生的关怀帮助下，我才能在现当代文学研究的方向上不断地成熟发展起来。

另外需要郑重表示感谢的是我的硕士导师张福贵教授。此书的最初源头来自我的硕士学位论文，可以毫不夸张地说，是张老师通过那篇论文把我引上了学术之路，并引导着我实现了思想上的世纪跨越。

我必须要感谢家人多年来对我的支持和帮助，是他们给了我足够的时间和空间来完成我需要完成的一切。

此外，还要感谢文学院的李海帆老师，没有他的鼓励和帮助，就不会有这本书的问世。

感谢所有给予我帮助和支持的师长与朋友们；感谢负责本书编辑出版工作的所有工作人员。

徐英春

2012年7月11日

后 记